7 tödliche Sünden

Jeder kennt die 7 Todsünden:

Habgier - Neid - Wollust - Völlerei - Zorn - Hochmut und Trägheit

In jeder Epoche hatten diese Sünden andere Ausprägungen und doch waren sie immer ein Teil der Gesellschaft.

Müssen sich Menschen immer bewusst dafür entscheiden eine Todsünde zu begehen? Oder können ihre Auswirkungen auch ohne eigenes Zutun tödlich Enden?

Findet heraus, hinter welcher der sieben Geschichten von Fabel über Horror und Dark Fantasy bis hin zu Dystopie sich welche Todsünde verbirgt.

Sabine Bradtke

7 Tödliche Sünden

Kalmitstrasse 8
60528 Frankfurt

Coverdesign: Dragan Giorgon
Lektorat: Linda Sack
Korrektorat: Claudia S.
Buchsatz/Trenner/Zwischenbilder: Writers Art

Schreibt und folgt S.Bradtke:
Facebook: Ann B. Widow/ S.Bradtke
Instagram: ann_b.widow

Bibliografische Information der Deutschen Nationalbibliothek:
Die Deutsche Nationalbibliothek verzeichnet diese Publikation in der Deutschen Nationalbibliografie; detaillierte bibliografische Daten sind im Internet über
http://dnb.d-nb.de abrufbar.

Danke

an
Linda, Dragan, Nicole
und Pascal
für 24/7 emotionalen und
fachlichen Live-Support

Der Fluch

Der Fluch

Er stand direkt an einem steilen Abgrund. Unter ihm brodelte etwas, das aussah wie Lava. Die gelben, roten, blauen und dunklen Farben der zähflüssigen Masse flossen stetig hin und her und vermischten sich ineinander.

Er wusste, dass es keine Lava sein konnte, denn wie sollte er plötzlich in die Nähe eines Vulkans gekommen sein? Aber wo war er dann? Wie konnte das alles nur passieren? Wie konnte er hier her gelangen? Warum stand er am Rand eines Kraters einer Lavagrube?

Schweißperlen tropften ihm ins Auge, doch er konnte seine Hand nicht heben. Er konnte sich auch nicht erinnern, jemals solch eine Hitze empfunden zu haben. Sie verbrannte ihn und auch wenn er es nicht sehen wollte, so versuchte er trotzdem, permanent an sich hinabzublicken.

Pellte sich seine Haut schon vom Körper? Warf sie schon Blasen? War er vielleicht schon vollkommen verkohlt? So sehr er auch versuchte die Augen aufzuhalten, um etwas zu erkennen, so wenig erhaschte er doch einen Blick auf sich selbst. Bis jetzt schien aber alles noch normal zu sein, wenn man einmal von dieser unerträglichen Hitze absah, die ihm das Gefühl gab, innerlich zu kochen und von außen verbrannt zu werden.

Er versuchte verzweifelt, sich zu bewegen, von diesem Ort weg zu kommen, doch seine Füße klebten am Boden fest. Er spürte seine Beine, seine Hände und

Arme und doch hatte er keinerlei Kontrolle mehr darüber. Sein ganzer Körper versagte ihm den Dienst, während er regungslos einfach nur da stand.

Und diese Hitze raubte ihm immer mehr den Verstand.

„Glaubt ihr wirklich, dass das klappt?" Die blonde außergewöhnlich gut gekleidete Frau sah die beiden Schwestern in dem kleinen Hinterzimmer des schmuddelig und irgendwie beängstigend wirkenden Ladens unsicher an.

„Wenn wir das nicht glauben würden, dann würden wir es nicht machen", zischte die junge schwarzhaarige Frau mit den tiefgrünen Augen in gutem, aber gebrochenem Deutsch. „Aber Ihr solltet sie nicht stören."

Die Ältere der beiden Angesprochenen ignorierte die Unterhaltung und murmelte weiterhin unverständliche Worte vor sich hin, während sie eine einsame rote Kerze auf dem hölzernen zerschundenen Tisch nicht aus den Augen ließ und mit einem Stück schwarzer Kohle kryptische Zeichen darum malte.

Nach ein paar Minuten flackerte die Kerzenflamme plötzlich bedrohlich auf, brannte mindestens dreimal so hoch und wurde dunkelblau. Es schien, als würde ein kleiner lebendiger Schatten aus der Flamme kriechen. Die blonde Frau bemerkte ihn nur schemenhaft aus den Augenwinkeln, denn genauso schnell wie er kam, verschwand er auch wieder. Sie fragte sich unwillkürlich, ob ihre Augen ihr nur einen Streich gespielt hatten. „Habt ihr das schon mal gemacht?"

Wieder ließ sich die Ältere nicht stören, während ihre Helferin die Kundin genervt ansah. „Sie sind doch zu uns gekommen, weil sie gehört haben, dass wir können, was wir machen. Oder?"

Die blonde Frau nickte vorsichtig. Bei ihren Recherchen über Leute, die sich mit Rachegedanken und Okkultem beschäftigten, stolperte sie mehrfach über Einträge über die Schwestern. Ob die beiden wirklich Schwestern waren, wusste sie nicht. Aber die Aussagen ihrer Kunden waren eindeutig und sie fühlte sich verstanden, daher wollte sie es wenigstens versuchen.

In den blauen Augen ihres Gegenübers konnte die junge Frau mit ihren fast unwirklich tiefgrünen Augen deutlich den Schmerz und die Wut lesen, die sie hier her getrieben hat. Sie hatten viele Kundinnen mit solchen Augen. Augen, die nicht ertrugen zu verlieren, die belogen worden waren und die mit Rache den Schmerz zu besiegen wünschten.

Diese Art von Frauen war zu allem in der Lage. Aber auch wenn sie ihnen die Risiken und die Konsequenzen, die so eine Art des Wunsches mit sich brachte, vorher eindringlich und deutlich offenbarten, so machte selten eine von ihnen doch noch einen Rückzieher. Auch wenn viele es besser getan hätten. Aber das war nicht ihr Problem. Sie waren nicht für sie verantwortlich. Sie erfüllten nur ihre Arbeit.

„Dann lassen Sie uns unsere Arbeit machen." Die blonde Frau schwieg endlich und konzentrierte sich wieder auf das Bild eines zufrieden lächelnden Mannes in einem Poloshirt und einer Cargohose vor einem roten Sportwagen, das sich in einer Schale gerade schwellend auflöste.

Stefanie hatte sich schon lange nicht mehr so gut gefühlt. Das erste Mal seit Monaten hatte sie eine Nacht durchgeschlafen. Das erste Mal hatte sie nicht auch noch in ihren Träumen zusehen müssen, wie ihr Mann eine andere Frau küsste und sie dabei noch abschätzig ansah. Sie musste nicht erleben, wie er sie vor allen Freunden demütigte, indem er mit einer anderen in den Urlaub fuhr, während sie zu Hause auf ihn wartete. Er hatte es ihr als Geschäftsreise verkauft.

Wie konnte sie damals so dumm gewesen sein, das auch nur in Betracht zu ziehen? Dieser Morgen war der Erste seit Monaten, dass ihr im Spiegel nicht das dreckige falsche Lachen entgegen grinste, während er ihr wieder einmal offen ins Gesicht log. Stefanie wusste, es würde niemals enden. Und jetzt? Jetzt, nach so vielen Monaten der Demütigung, wollte er plötzlich auch noch die Scheidung, er wollte ihr Geld. Dieser Mistkerl wusste, dass sie ihm Unterhalt zahlen musste. Sie hatten keinen Ehevertrag und er hatte nie eingesehen arbeiten zu gehen.

Nichts, was er hätte tun können, war ihm gut genug. Wieso sollte er auch, sie hatte ja genug Geld. Und auch wenn viele sie gewarnt hatten, war es ihr damals egal gewesen, sie glaubte an seine Liebe. Doch jetzt musste sie es endlich einsehen: er wollte immer nur an ihr Vermögen. Stefanie verscheuchte die Gedanken.

Nun würde er nichts mehr wollen. Er würde ihr nie wieder dreckig ins Gesicht lügen, sie nie wieder mit anderen Frauen betrügen. Nie wieder auf ihre Kosten leben. Er würde nie wieder überhaupt etwas tun. Während sie unter der Dusche stand, summte sie ein Lied, das sie in der Nacht zuvor aus der Flamme heraus gehört hatte. Es war eine ruhige Melodie.

Das warme Wasser gab ihr das Gefühl zu leben. Als sie sich abtrocknete, sah sie sich wieder im Spiegel an. Ihr Gesicht lächelte ihr, das erste Mal seit Monaten, glücklich entgegen. Allein dafür waren die beiden Schwestern schon jeden Cent wert. Auch wenn sie gestern eher noch skeptisch und verzweifelt war, so taten ihr die 10.000 Euro für den Versuch nicht wirklich weh und hatten sich mehr als ausgezahlt.

Der Anruf kam zwei Stunden später. „Nein .... Nein!!!“ Ihre Verzweiflung klang echt.

„Es tut uns leid. Leider können wir Ihnen weiterhin nicht mehr sagen. Aber wir versuchen wirklich alles.“ Die Stimme des Arztes war monoton, das sollte wohl Angehörige beruhigen.

„Ich komme sofort.“ Sie lächelte, während sie sich ihren Mantel vom Haken nahm und fuhr ins Krankenhaus.

Ihr Mann lag in einem geräumigen Einzelzimmer. Die Vorhänge waren zurückgezogen und die Strahlen der Sonne gaben dem Zimmer etwas Weiches und sanft Loderndes. Schläuche kamen aus seinem Mund, seiner

Nase und seinen Armen. Ein Monitor piepste in regelmäßigen Abständen und um ihn herum standen zwei Krankenschwestern. Wenn er nicht außer Gefecht gesetzt wäre, würde ihm das Interesse der beiden Damen wohl gefallen.

Der Arzt sah sie an: „Hallo. Sie müssen Frau Krieger sein." Sie nickte niedergeschlagen und ging sofort zu ihrem Mann. „Wir wissen weiterhin nicht was passiert ist. Seitdem er gestern Nacht mit hohem Fieber eingeliefert wurde und dann kurze Zeit später ins Koma gefallen ist, haben wir keine Veränderung bemerken können."

„Und was passiert nun? Sie müssen doch irgendwas machen können?"

„Das wissen wir leider nicht. Bisher haben wir noch nicht herausfinden können was er eigentlich hat. Seine Werte sind alle unauffällig und wir haben auch keine Verletzungen feststellen können. Aber wir werden nicht aufgeben."

Sie nickte und hielt seine Hand.

Die Hitze verbrannte ihn permanent und doch sah alles an ihm aus, wie immer. Er schrie den Schmerz in den Abgrund, doch außer dem Echo seiner eigenen Stimme in seinem Kopf blieb alles um ihn herum still.

Er spürte, wie seine Füße sich mit dem Boden verbanden, wie sie Stück für Stück mit ihm verschmolzen. Er spürte, wie seine Haut, seine Muskeln und Sehnen, ja selbst seine Knochen schmolzen und als blutiger, schwarzer Brei in den Boden flossen.

Irgendwann müsste er doch ohnmächtig werden und dieser Albtraum aufhören, doch es geschah nicht.

Er starrte in den Abgrund und schrie, bis er keine Stimme mehr hatte. Dann schrie er stumm weiter. Die Füße waren schon verschwunden, er stand auf seinen bloßen Stümpfen, aber er stand, er kippte nicht um und konnte sich nicht bewegen. Er sah dabei zu, wie sich erst seine Unterschenkel und dann seine Knie in ihre Bestandteile auflösten und der Rest seines Körpers dem Boden immer näher kam. Die Hitze und sein eigener Schweiß vernebelten ihm die Sicht.

Er fiel nicht, er wankte nicht mal, er zerfloss einfach und schrie.

Ein halbes Jahr lag ihr Mann nun schon in dem, was die Ärzte Koma nannten. Die ersten Monate hatte sie jeden zweiten Tag ein bis zwei Stunden bei ihm im Krankenhaus verbracht. Traurig, wenn jemand sie sah und lächelnd, wenn sie allein mit ihm war.

Nach dieser Zeit wurden ihre Besuche seltener. Zum einen schämte sie sich ein wenig vor sich selbst, zum anderen hatte sie dort einen neuen Mann kennengelernt.

Sie hatte sich vor ein paar Wochen einen Kaffee in der Cafeteria geholt und dabei ein wenig aus den bodentiefen Fenstern dem Regen zugeschaut, als jemand hinter ihr seinen Schirm ausschüttelte und ihr Wasser ins Genick spritzte.

Sie wollte sich gerade beschweren, doch als sie sich umdrehte, sah sie diesen gut gekleideten Mann mit den dunklen braunen Augen. Er war hilflos mit dem Versuch beschäftigt, seinen tropfenden Schirm im Zaum zu halten. Die gerade noch gedachten Beschimpfungen wandelten sich unwillkürlich zu einem: „Das kenne ich."

Er lächelte entschuldigend zurück. „Darf ich Sie, als kleine Entschuldigung, zu einem Kaffee einladen?"

Natürlich hatte sie diese Entschuldigung angenommen und es war nicht bei diesem einen Kaffee geblieben. Mittlerweile waren aus diesem ersten Kaffee Date viele Treffen geworden und sie ein Paar. Die Warnung der Schwestern hatte sich nicht erfüllt. Es ging ihr, abgesehen von ihren ab und zu auftretenden Schuldgefühlen, gut.

„Ja, gerne. Dann sehen wir uns nachher im Restaurant. Ich freu mich sehr." Sie lächelte, als sie das Telefonat beendete. Es fühlte sich so schön an, dieses Kribbeln im Bauch zu fühlen, wenn sie nur seine Stimme hörte. Noch war alles so frisch und neu.

Sie lief durch das Wohnzimmer vorbei an den teuren Bildern und Skulpturen. Das riesige Haus war schon immer viel zu groß für sie allein, doch Kinder hatte sie nie gewollt. Sie genoss es lieber das Geld ihrer Eltern in exquisitem Schmuck und Kunstgegenständen anzulegen. Bei dem Renoir im Eingangsbereich blieb sie kurz stehen. Das war das Lieblingsbild ihres Mannes gewesen und sie lächelte bei der Vorstellung, dass es nie seinen angestammten Platz verlassen würde. Er hätte es, bei einer Scheidung, garantiert haben wollen. Nachdem sie sich umgezogen hatte, stieg sie in ihre Limousine und verließ das Anwesen.

Der Abend verlief traumhaft. Sie lachten, flirteten und küssten sich. Stefanie konnte sich kaum daran erinnern, jemals so glücklich gewesen zu sein. Natürlich war das falsch, sie war eigentlich noch verheiratet und, wenn sie ehrlich zu sich war, dann betrog sie gerade ihren Ehemann. Aber davon würde er ja eh nichts mitbekommen.

Sollte sie vielleicht die Schwestern bitten, den Fluch aufzuheben? Immerhin hatte sie einen neuen Freund. Doch dann würden sie sich immer noch scheiden lassen wollen und sie würde viel Geld verlieren. Nein, so war es gut. Und außerdem, wer sagte schon, dass es wirklich der Fluch war, der zu seinem Zustand geführt hatte.

„Wollen wir vereisen? Nur wir beide? Ohne die ganzen Altlasten, die hier unserem Glück im Wege stehen?“ Ihr Gegenüber lächelte sie an.

Sie dachte nur kurz nach. Ob gewisse Leute es verwerflich finden würden, wenn sie plötzlich mit einem neuen Mann verreisen würde, während ihr Ehemann im Koma lag? Sie schüttelte den Kopf, seit sechs Monaten hatte sich an seinem Zustand nichts geändert, wie lange sollte sie denn in deren Augen als Trauernde nicht mal Witwe leben? Hatte sie es nicht verdient, glücklich zu sein?

„Ja, gerne.“

„Dann lass uns einen Koffer packen und einfach losfliegen. Wir fliegen hin, wo wir wollen und kommen erst zurück, wenn wir keine Lust mehr haben. Was wir alles noch brauchen, kaufen wir einfach unterwegs.“

Stefanie himmelte ihn vollkommen verliebt an und nickte. Auf dem Weg nach Hause überlegte sie, was sie mitnehmen sollte. Er sprach von einem Koffer und sie plante daher nur die ersten Tage und das wirklich wichtige. Geistig vollkommen in der Urlaubsplanung versunken, bemerkte Stefanie erst bei der letzten Kurve diese unnatürliche Helligkeit hier in den abgeschiedenen Hügeln, die die große Stadt wie ein Halbkreis umgaben.

Als sie die Passstraße zu ihrem Anwesen hinauffuhr, konnte sie es allerdings kaum mehr ignorieren. Mitten in der Nacht war vor ihr alles hell erleuchtet. Trotzdem realisierte sie die ersten Augenblicke gar nicht, was sie da vor sich sah, auch wenn es nicht zu übersehen war.

Das ganze Anwesen stand in Flammen. Das Haus und selbst die Nebengebäude war in zuckende gelbe, rote, blaue und dunkle Farben getaucht. Als sie die Tür ihres Autos öffnete, spürte sie eine unglaubliche Hitze, die ihr fast die Luft zum Atmen raubte.

Ungläubig starrte sie die riesige lodernde Flamme an, als sich neben dem Tosen des Infernos, Sirenen von Feuerwehrwagen einen Weg in ihren Kopf bahnten. Die großen Autos rasten an ihr vorbei und blieben vor dem gusseisernen Gitter stehen, als ihr Handy klingelte.

„In ihrem Anwesen ist ein Feuer ausgebrochen. Die Einsatzkräfte sind vor Ort, kommen aber nicht durch das Tor.“ Sie hörte die Stimme und versuchte zu antworten, doch die Worte blieben ihr im Halse stecken. „Haben sie einen Code für uns?“

Stefanie starrte nur die Flammen an, als einer der Feuerwehrleute auf sie zu rannte.

„Sie sollten sofort hier verschwinden. Das Feuer wird sich ausbreiten. Sie sind hier nicht sicher."

„Das ist mein Haus. Das gehört mir."

„Ich glaube kaum, dass da noch was von übrig sein wird. Ich habe noch nie solch ein ungewöhnliches Feuer gesehen."

Die Worte des Mannes verfolgten Stefanie in ihre Träume. Nicht dass sie sonderlich viel Schlaf fand, aber selbst wenn, dann stand sie inmitten eines lodernden Infernos. Immer wieder sah sie in ihren Augenwinkeln einen dunkelblauen Schatten. Manchmal in ihrer direkten Nähe, manchmal auch ein Stück entfernt. Doch immer, wenn sie versuchte, ihn wirklich wahrzunehmen, war er wieder verschwunden.

„Es tut mir leid. Aber die Ermittler sagen, ich muss weiterhin in der Nähe bleiben für mögliche Fragen. Und ich habe eh gerade so viel zu klären."

„Das verstehe ich absolut. Ich muss die nächsten Tage aber leider trotzdem fliegen. Aber sobald ich wieder da bin, kümmere ich mich nur um dich." Obwohl seine Zusprache ihr wirklich half, änderte sich an ihren Albträumen auch die nächsten Tage und Nächte nichts.

Es wurde eher schlimmer.

Sein Körper hatte sich komplett aufgelöst. Er konnte nicht verstehen, warum er immer noch bei Bewusstsein war, obwohl nichts bis auf seinen Hals und sein Kopf noch existierte. Der Rest hatte sich in eine undefinierbare schwarze pampige Flüssigkeit verwandelt. Doch sie versickerte nicht, sondern blieb wie ein kleiner, perfekt ovaler See direkt um ihn herum.

Seine Gedanken versuchten sich auf irgendetwas anderes zu konzentrieren, um wenigstens einen Hauch der Chance zu bekommen, nicht vor Schmerzen verrückt zu werden. Doch war er nicht schon vollkommen verrückt, wenn er seinem Körper beim Zerfließen zusehen konnte und die Schmerzen nie auch nur für einen Moment verschwanden? Als sein Hals sich verflüssigte und sein Mund gerade die schwarze Pampe schlucken wollte, explodierte sein Schädel.

Der Moment der Ruhe währte nur kurz. Gerade als er dachte, es wäre beendet, stand er wieder am Rande des brennenden Abgrunds.

„Es muss Brandstiftung gewesen sein. Kein Feuer kann gleichzeitig an so vielen Stellen ausbrechen, wenn kein Brandbeschleuniger benutzt wurde. Daher gehen sie bisher davon aus, dass es sich um einen vorsätzlich gelegten Brand handelt.

Aus diesem Grunde lehnen sie eine Regulierung des Schadens ab. Jedenfalls solange die Ermittlungen nicht endgültig klären, dass du damit nichts zu tun hast. … .“

Stefanie sackte in sich zusammen. Sie lass die Zeilen wieder und wieder. Das Schreiben ihres Anwalts war eindeutig. Was geschah hier? In den letzten Wochen war nicht nur ihr Haus fast bis auf die Grundmauern abgebrannt, sondern man verdächtigte sie. Allein die Kosten für die Aufräumarbeiten schluckten einen beträchtlichen Teil ihres Vermögens und der Rest wurde, nachdem auch noch ihr Ferienhaus auf unerklärliche Weise, nur ein paar Tage später ebenfalls einem Brand zum Opfer gefallen war, eingefroren. Sie hatte keine Ahnung, was vor sich ging.

Plötzlich gab es Gerüchte, dass sie pleite war, dass sie beide Anwesen nur für die wirklich üppige Versicherungssumme, die sie dadurch zu erwarten hatte, hatte abfackeln lassen. Dass sie vorher große Vermögenswerte aus den Häusern entfernt hatte, wie den Renoir, weitere außerordentlich teure Bilder, Schmuck und zwei alte antike Vasen. Stefanie konnte sich nirgends mehr blicken lassen, die Leute redeten hinter ihrem Rücken und nicht nur das: Sie wurde sogar ganz offen diffamiert und zu kaum einer Veranstaltung mehr eingeladen. Selbst ihr neuer Freund stellte plötzlich so eigenartige Fragen.

„Macht es rückgängig!“ Stefanie sah die Jüngere der Schwestern panisch an.

„Das geht nicht mehr. Wir hatten ihnen gesagt, dass es Konsequenzen haben kann, nein, dass es sogar welche haben wird, wenn sie solch ein Vorhaben umsetzen.“

„Aber es muss eine Möglichkeit geben. Alles, was mir gehört geht plötzlich in Flammen auf. Und überall sehe ich diese dunkelblauen Schatten. Ich bin mir sicher, dass es derselbe ist, den ich damals hier gesehen hatte. Er ist aus der Kerze gekrochen.“

Die alte Frau nickte leicht. „Sie haben einen Fluch ausgesprochen. Sie haben einen Rachegeist entfesselt, um ihre Rache zu erhalten. In der Natur solcher Kreaturen liegt es Rache und Zerstörung zu üben. Und nun rächt er sich auch an ihnen."

„Wenn ihr ihn freigelassen habt, dann könnt ihr ihn doch auch wieder einsperren!"

„So einfach ist das nicht. Ihr hattet einen Deal mit ihm und er verlangt nun seinen Preis. Was er dafür fordert, das weiß niemand vorher. Scheinbar ist es dieses Mal euer Besitz. Wir hatten euch gewarnt. Das Einzige, was ihr vielleicht, aber auch nur vielleicht versuchen könntet, wäre ihm eine Ablenkung zu liefern, sozusagen ein neues Opfer zu geben. Eure Schuld auf einen anderen zu übertragen und zu hoffen, dass der Geist seinen geforderten Preis bei ihm eintreiben wird.

Doch solltet Ihr wirklich diesen Weg wählen, dann gibt es kein Zurück mehr, denn solch eine schändliche Tat hat noch einen weit höheren Preis als die bloße Zerstörung eures Besitzes."

Stefanie überlegte nicht lange, sie wollte nicht weiter alles verlieren. Sie würde bestimmt jemanden finden, an den sie die Schuld weiterreichen konnte.

„Aber ich warne Sie: Akzeptieren Sie lieber die jetzigen Konsequenzen und lassen Sie ihn sich austoben, bis ihre Schuld getilgt ist und er von alleine wieder geht."

Stefanie sah die beiden Schwestern an. Warum übernahmen sie nicht den Preis ihrer Tat? Warum nicht diese beiden armen und wertlosen Subjekte? Warum nicht diese Frauen, die sie ja erst in diese Situation gebracht hatten? Soll er sich doch an ihnen rächen. Solche Personen hatten es eh verdient. Wie konnten sie solche Dienste anbieten, wenn man dadurch dann doch alles verlor? Sie mussten einen doch vorher viel deutlicher warnen. Ach, eigentlich sollten sie so etwas gar nicht machen dürfen.

„Wie kann ich es versuchen?“

Rahel warf ihrer Schwester einen undefinierbaren Blick zu. „Überlegen Sie sich das gut. Und ich meine: wirklich gut. Sie haben ihn heraufbeschworen, um Ihre Rache auszuüben und Sie wussten, dass es einen Preis haben würde. Akzeptieren Sie den Preis, denn ab jetzt kann es um Ihre unsterbliche Seele gehen. Und egal an was Sie glauben, möchten Sie das wirklich aufs Spiel setzen? Das, was er im Moment fordert, ist nur materiell.“

Stefanie nickte vehement. Was interessierte sie etwas, das vielleicht existierte oder auch nicht, wenn sie alle ihre Sachen verlor und arm wäre?

„Wir können versuchen, ihn herzurufen und Sie mit ihm zusammenführen, aber mehr können wir nicht!“

„Tut es!“

Beide Schwestern schüttelten resignierend den Kopf. „Es ist Ihre Entscheidung.“

Seine Schreie verhalten weiterhin im Nichts der Hitze seiner Umgebung. Wieder konnte er seinen Beinen beim Zerfließen zusehen, weiterhin nicht der Hitze widerstehen, die seine Haut in Blasen aufplatzen ließ. Das dritte Mal hatte sich sein ganzer Körper schon auf diesem schmalen Felsenvorsprung aufgelöst und ihn in schwarzem Brei zurückgelassen. Er hatte jede irgendwie geartete Form von Hoffnung aufgegeben.

Nur noch Vergehen, Schmerz und Wiederauferstehung beherrschte sein Sein. Keine Dunkelheit, keine Helligkeit, kein Tag und keine Nacht. Nur dasselbe flackern und lodern. Immer dieselbe Hitze und keinen Moment der innerlichen Ruhe, nie eine Sekunde des Loslassens, der Entspannung oder der Schwärze des Todes. Nie der Augenblick, in dem der Kopf einfach eine Nulllinie erreichte und die Gedanken und der Schmerz verschwanden. Kälte.

„Was auch immer sie hier wollte, so etwas hat Niemand verdient." Der Ermittler atmete einmal tief durch, als er dem Krankenwagen hinterher sah und dann wieder auf das immer noch schwellende Gebäude vor sich blickte.

„Was hatte sie denn hier zu suchen? Und warum wollte sie gerade hier in einem solchen Viertel einen leeren Laden abbrennen?"

„Vielleicht, weil sie einfach Gefallen an Brandstiftung gefunden hatte, was weiß den ich. Aber sie hätte mit dem Brandbeschleuniger vorsichtiger sein müssen. So wie sie aussah, sind mehr als 70% der Haut verbrannt. Absolut verwunderlich, dass sie überhaupt noch lebt. Aber ich bin mir nicht sicher, ob sie es lange überleben wird."

Stefanie spürte, wie sie hochgehoben und auf eine Barre gelegt wurde. Sie hörte das leise Piepsen der

Geräte um sich herum, spürte die Hände, die ihren verbrannten Körper berührten und ihr damit unerträgliche Schmerzen bereiteten, sowie das harsche Gebell von Befehlen. Sie wollte schreien, doch ihr Mund war genau wie ihr restliches Gesicht den Flammen als erstes zum Opfer gefallen.

„Wir bringen Sie ins Krankenhaus. Halten sie durch." Die leisen Töne, die ihr Herzschlag noch an die Maschinen sendete, verlangsamte sich Stück für Stück. Sie hörte, wie das Piepsen immer langsamer und leiser wurde.

„Wir verlieren Sie!"

Das monotone Piepsen seines Überwachungsmonitors steigerte sich immer schneller zu einem wahren Inferno an schrillen hohen Tönen. Als die Schwester panisch den Raum betrat, saß der Mann, der nun seit über acht Monaten regungslos im Koma gelegen hatte, aufgerichtet mit offenen Augen in seinem Bett und starrte zitternd die Wand an.

Habgier

DER GAMER

Der Gamer

Das schwache Licht des Bildschirms vor ihm erleuchtete nur sein Gesicht und den halben Oberkörper. Der Rest des Zimmers lag im Halbdunkel der beginnenden Nacht. Kurz überlegte er, ob er aufstehen und das Licht anschalten und die Rollläden herunterlassen sollte, entschied sich dann aber, dass es die Mühe nicht lohnte. Auch so konnte er alles Wichtige sehen.

„Lasst uns die Burg erobern." Seine eigene Stimme klang müde durch die Kopfhörer an sein Ohr. Eigentlich sollte sie erwartungsvoller und bestimmter klingen. Immerhin hatte er seit Tagen auf diesen Moment gewartet.

Heute würde endlich die letzte Festung seines Gegners fallen. Zu lange hatte der ihn schon geärgert und immer wieder seine Pläne durchkreuzt. Heute würde er endgültig dafür bezahlen.

Allerdings würde Darius sich noch mehr freuen, wenn da nicht diese wahnsinnigen Schmerzen in seinem Bein wären. Und das nur, weil er heute frühmorgens auf dem Weg zur Toilette im Dunklen über diese bescheuerten Flaschen gestolpert war und sich dabei irgendwas Undefinierbares über einen Zentimeter tief in seinen Oberschenkel gebohrt hätte. Er hatte es zwar rausgezogen, war sich aber nicht sicher gewesen, ob es ein Stück einer Gabel, eines Kleiderbügels oder eines anderen metallischen Gegenstandes war. Er hatte keine Zeit gehabt, es sich genauer anzusehen. Seine Quest ging weiter und er wollte keine Zeit verlieren. Er konnte sich nicht mal vorstellen, warum es überhaupt auf dem Flur rumgelegen hatte.

Am Anfang spürte er nur ein leicht dumpfes Ziehen und da kaum Blut ausgetreten war, drückte er nur kurz ein Stück Toilettenpapier darauf und ignorierte dieses winzige Hindernis auf dem Weg zum ewigen Ruhm.

Um solche Belanglosigkeiten musste man sich nämlich nicht kümmern, wenn man Roderik der Eroberer, der alleinige Herrscher der Welt, sein konnte.

Seitdem hatte er seinen Stuhl nur verlassen, um ein paar Stunden zu schlafen, seinen dringenden menschlichen Bedürfnissen nachzugehen oder um sein Essen in die Mikrowelle zu stellen.

Manchmal, auf diesen kurzen Wegen, dachte er darüber nach, wie zufrieden er war. Er musste so gut wie nie das Haus verlassen. Einmal in der Woche oder auch alle zwei Wochen brachte ein Lieferdienst ihm Getränke und Tiefkühlgerichte. Wenn er etwas Neues zum Anziehen brauchte, lagen die Teile in ein paar Tagen vor seiner Tür. Selbst seine Arbeit erforderte nur gewisse Stunden am Tag, die er sich frei einteilen konnte und die ihm ebenfalls nicht die Qual aufbürdete, seinen Platz vor dem Rechner zu verlassen.

Wieso andere Menschen nach „draußen“ wollten, war ihm suspekt. Was gab es denn dort schon, was es hier in seinem Rechner nicht gab? Andere Menschen? Irgendwelche Sachen sehen? Das konnte er alles auch online und allein war er eh niemals. Immer war jemand seiner Gegner oder Verbündeten online. Wirklich gesehen hatte er diese Personen zwar noch nie, hatte also keine Ahnung, wie sie in echt aussahen oder was sie so machten, wenn sie nicht in dem Spiel waren, aber trotzdem waren es seine Freunde. Was interessierte es ihn schon, ob sie groß, klein, blond oder schwarzhaarig waren. Sie waren für ihn verfügbar und dafür musste man sich nicht die Mühen eines Treffens machen. Er fragte sich eher, warum nicht alle Menschen so lebten.

Als er wieder am Rechner saß, fiel ihm auf, dass sich um die Stelle, in der sich der Gegenstand in sein Fleisch gebohrt hatte, eine unnatürliche rötlich blaue Färbung schon mit einigen Zentimetern Durchmesser ausbreitete. Er betrachtete es einige Sekunden, schüttelte dann den Kopf: es war ihm egal. Seine Questen gingen weiter und die schöne bunte Welt hinter seinem Computerbildschirm wartete nicht auf ihn. Also kämpfte er gegen das komische Gefühl und den Schmerz an.

„Nutze deine Sprüche ... Ja, wir haben ihn fast." Der erbitterte Kampf vor seinen Augen dauerte nun schon einige Stunden und langsam kristallisierte sich heraus, dass sie ihn wohl verlieren würden. Er brüllte mehrfach in das Mikrophon direkt vor seinem Mund und fragte sich plötzlich selbst, wo er die Kraft dafür hernahm.

Mittlerweile hatte Darius das Gefühl, sein Bein würde verbrennen. Scheinbar glühte da irgendwas in ihm. Aber dafür war jetzt keine Zeit, der Kampf in der Welt vor ihm hatte seine Truppen aufgerieben und selbst einer seiner wichtigsten Verbündeten war bei dem Angriff drauf gegangen. Er hatte sich noch mit „Vielleicht solltest du mal zum Arzt gehen mit dem Bein. Ich bin jetzt erstmal unterwegs und mache mir die

Tage einen neuen Charakter. Dann komme ich wieder.", aus dem Chat verabschiedet. Nette Worte, aber er war Roderik der Eroberer und er verlor gerade den Kampf. Als ob er sich da um sein Bein und die paar Schmerzen kümmern konnte und wollte.

Er hatte sich schon gleich nach dem Unfall online ein paar neue Schmerzmittel bestellt und Kühlpads. Das würde dann schon reichen, wenn sie nachher da wären. Er würde nicht wegen solch einer Lappalie die Wohnung verlassen und seine Zeit verschwenden.

„Ja ja …, wenn ich Zeit habe. Und mach dir doch gleich einen neuen Charakter, dann können wir sofort den neuen Angriff planen. Jetzt ist er angeschlagen."

Die Worte erreichten seinen Verbündeten nicht mehr. Er war offline gegangen. Scheinbar nahm er das hier nicht ernst genug. Scheiß drauf. Er hatte ja noch genug andere Freunde.

Doch nach weiteren Verlusten stand endgültig fest: Er hatte nicht nur die Burg nicht erobern können, sondern musste sich auch noch mit seinen letzten Einheiten zurückziehen, wie ein feiges Lämmchen.

Aus Frust flog eins der leeren Gläser auf seinem Schreibtisch knapp rechts an der Fensterscheibe vorbei gegen die Wand und zerbrach. Das regte ihn noch mehr auf. Jetzt hatte er nicht nur den Kampf verloren, sondern er müsste auch noch aufstehen und die Scherben entfernen. Oder aber er würde sich den Ort merken und die nächste Zeit einfach die Fläche meiden. Immerhin hatte er wichtigeres zu tun, er musste jetzt zügig neue Truppen ausbilden, Ressourcen besorgen und neue Leute rekrutieren. Also alles wichtiger als irgendwelche Scherben wegzuräumen.

Darius sah auf den Kalender in seinem Handy. In zwei Tagen würde seine Putzfrau wieder kommen und eh einige Stunden mit dem Wiederherrichten der Wohnung verbringen, Eigentlich war sie zwar hauptsächlich mit Waschen, Saugen und dem Wegbringen des Müll beschäftigt, aber da machten die paar Scherben mehr oder weniger auch nichts aus. Er lebte ja eh nur in einem der eigentlich drei Zimmer großen Wohnung. Die anderen beiden Räume hatte er schon seit Wochen nicht mehr wirklich betreten.

Das, was man allgemeingültig als Schlafzimmer bezeichnen würde nur, wenn er sich aus dem Kleiderschrank neue Sachen holte. Und das Wohnzimmer eigentlich gar nicht mehr. Das Designersofa, die Sessel und die ganzen anderen Einrichtungsgegenstände, die ihm seine Inneneinrichterin hier herein gestellt hatte, langweilten ihn. Das war vielleicht für Leute spannend, die Besuch bekamen, aber nicht für ihn. Zwei Tage waren verkraftbar.

Daher entschied Darius sich für die zweite Option, ignorierte die Scherben und machte sich auf die Suche nach neuen Verbündeten. Seine jetzigen waren einfach nicht stark genug und irgendwie nahmen sie es nicht so ernst, wie er es von ihnen erwartete. Alle erzählten ihm was von Pause machen, nach draußen gehen und anderen wichtigeren Dingen, die sie erledigen wollten. Doch für ihn existierte nur sein Bildschirm. Er musste sofort wieder alles aufbauen und dann seinen Feind erneut angreifen. Solch eine Schmach konnte Roderik der Eroberer einfach nicht auf sich sitzen lassen.

Irgendwann fielen ihm die Augen zu.

Zwar war schlafen im Sessel okay, aber auf Dauer nicht ganz so erholsam. Daher drehte er sich zur Couch um und stolperte die drei Schritte hinüber. Sein Bein brannte nicht mehr, sondern war mittlerweile sogar richtig kalt geworden und würde sein Körper nicht eh schon fast seinen Dienst verweigern, so hätten ihn der eintretende Schüttelfrost und das Fieber vom Schlaf ferngehalten. Aber irgendwann ist kein Mensch mehr in der Lage der totalen Erschöpfung zu Widerstehen. Und doch, nach nur drei Stunden, war selbst mit der Macht der Erschöpfung Schluss. Das brennende, kalte Gefühl im Bein erlaubte ihm keinen weiteren Schlaf.

Trotzdem schnappte Darius sich nur ein paar Schmerztabletten und ignorierte es weiterhin, soweit er konnte, während er wieder zum Sessel humpelte. Auf dem kurzen Weg breiteten sich der Schmerz und das Schwindelgefühl wieder vehementer aus, doch sobald er saß, ebbte es wieder zu einem dumpfen Pochen ab. Das war Glück, denn er hatte eh keine Zeit für solche unwichtigen Sachen wie ein nervendes Bein oder irgendwelche Schmerzen. Sein Feind würde so schnell keinen weiteren Angriff erwarten und auch garantiert nicht noch einmal standhalten. Seine Burg war extrem angeschlagen und der schlief bestimmt auch irgendwann mal. Daher loggte sich Darius wieder ein. Ein paar Verbündete waren ebenfalls online.

Sofort versuchte er, sie zu überreden ihre noch existenten und neuen Truppen zu bündeln, um seinem

Feind endgültig den Gar aus zu machen. Einer lehnte ab und nachdem er sich für eine Minute Darius Schimpftirade angehört hatte, loggte er sich aus.

„Was für ein Verlierer. Als ob es seine Freundin interessieren würde, ob er mal für einen oder zwei Tage keine Zeit hätte mit ihr was zu unternehmen. Die könnte sich doch selbst einen Charakter machen. Dann würde sie ihn immer um sich haben. Aber hey, manche Menschen sind halt einfach altmodisch und haben keinen Biss!"

„Manche haben auch ein echtes Leben. Also außerhalb des Spiels." Die Stimme kannte er schon. Das war einer der, wie er sie nannte, Spaßspieler. Die konnte man zwar gut als Kanonenfutter nehmen, aber sie würden es nie zu was bringen.

„Deshalb bin ich auch Roderik der Eroberer und wer bist du?" Das laute Atmen am anderen Ende der Leitung klang deutlich genervt. Es interessierte ihn nicht. Diese Typen waren alle ersetzbar. Sie waren nur solange wichtig, solange sie online waren und ihm helfen konnten.

„Sag mal, was ist eigentlich mit dir los? Du bist ja noch unausstehlicher als sonst." Die Stimme gehörte einem weiteren dieser Spaßspieler.

Darius schüttelte den Kopf. Was ging es sie an, was mit ihm los war. Die Kombination aus Schmerzmitteln und Energiedrinks erfüllte seine Aufgabe. Diesmal war er voll bei der Sache und diesmal würde der Angriff nicht wieder scheitern.

„Warst du bei einem Arzt?"

„Denkt ihr ich habe Lust, ein paar Stunden Zeit zu verschwenden, um zu einem Arzt zu fahren, dort zu warten und mir dann irgendwas anzuhören, was mich eh nicht interessiert?

Übermorgen gibt es eine Onlinesprechstunde, wenn ich daran denke und diese verfluchte Burg vernichtet habe, dann rufe ich da vielleicht mal an. Solange die ihren Hintern nicht zu mir bewegen, solange bewege ich mich nicht mal an die Tür um sie herein zulassen. Was soll das eigentlich? Warum sind die immer noch der Meinung, dass man immer zu ihnen kommen soll."

Zwei weitere der eben noch anwesenden Spieler gingen offline. Was waren das alle für Loser? Den ganzen Tag verbrachte er damit, neue Anhänger zu sammeln und seine Truppen so schnell wie möglich neu zu sortieren. Noch ein letzter Besuch der Toilette, dann würde er seine Nemesis endlich vernichten. Seine Burg schleifen und keine seiner Truppen mehr übrig lassen. Dann würde er ihn niemals wieder nerven.

Als er sich aus dem Sessel hievte, lag er nach dem ersten Schritt fast auf dem Boden. Er spürte sein Bein kaum mehr und es gab sofort nach, als er es belasten wollte. Dafür schien das Brennen nun eher seine Hüfte und seinen Hintern zu betreffen. „Entscheide dich mal. " Er presste die Worte hervor und zog sich am Sofa nach oben. Dieses unerträgliche Gefühl hörte langsam wieder auf, nachdem er mehr Tabletten geschluckt und noch zwei weitere Energiedrinks getrunken hatte.

Nachdem er wieder humpeln konnte, schleppte er sich endlich zur Toilette.

In ein paar Tagen wäre es mit diesen Schmerzen bestimmt endgültig vorbei. Das Bein gab ja nun auch wieder Ruhe. Manchmal war es auch davor schon eingeschlafen. Beim Pinkeln sah er zwar die dunkelrote schon eher bläuliche Färbung seines Unterbauches, aber das nur noch konfuse Licht der untergehenden Sonne durch das große Milchglasfenster machte eh alles etwas dunkler und rötlicher als es wirklich war. Auf dem Weg zurück fühlte er sich schlecht. Sein Bein hing eher wie ein Fremdkörper an ihm und er hatte keine wirkliche Kontrolle mehr darüber. Doch als er es endlich wieder in den Sessel geschafft hatte, vergaß er den Gedanken sofort wieder.

Die ganze Nacht über wogte der Kampf um die Burg. Auch sein Gegner hatte sich neue Verbündete gesucht und war daher nicht ganz so verwundbar, wie Darius es sich gewünscht hätte. Aber diesmal würde er es schaffen. Er brüllte seine Leute an, erdachte Taktiken und versuchte, sie umzusetzen.

„Das ist eine dumme Idee! Wenn wir das machen, dann verliere ich alle meine Truppen." Die Stimme klang panisch.

„Das interessiert mich nicht." Darius Bauch juckte und er kratzte sich. Seine Brust brannte und er zog sein T-Shirt aus. Mehrere Dosen flogen unsanft vom Tisch, als er sie mit einer genervten Handbewegung wegwischte. Sein Herzschlag beschleunigte sich immer mehr, er hatte fast das Gefühl, es würde versuchen durch seine Rippen nach draußen zu drängen. Natürlich tat es das, er war in einem Kampf auf Leben und Tod. Diese Nacht würde entscheiden, ob er endlich der größte Held des Spiels sein würde oder nur ein weiterer Loser, der keine Berechtigung hatte, die Krone zu tragen.

Sein Kopf explodierte fast und die Schweißperlen vernebelten ihm immer mehr die Sicht. Er wünschte sich, seine Haut ausziehen zu können, so heiß war ihm. Er brauchte nur noch ein paar Minuten, um endlich zu gewinnen. Doch gerade, als er seine Truppen in die Burg hineinschicken wollte, fing Darius unkontrolliert an zu zittern. Noch nie war ihm so kalt und das Schlimmste war: seine Finger gehorchten seinem Willen nicht mehr. Sie führten die gewünschten Befehle nicht mehr aus, sondern zuckten nur noch willkürlich hin und her.

„Was hast du gesagt?“ Er hörte die Frage und versuchte zu antworten, doch es kamen nur zusammenhanglose Worte oder Laute hervor. Seine Zähne schlugen so wild aufeinander, dass er Panik bekam sie würde zersplittern. Mit aller Kraft versuchte Darius seine Bots zu aktivieren. Er konnte doch nicht genau jetzt, im größten Triumph, ausfallen. Er brauchte einige Minuten, bis das Zittern sich soweit beruhigt hatte, dass er die richtigen Befehle eingeben konnte. So würde der Kampf weitergehen, auch wenn er selbst gerade nur sehr eingeschränkt dazu in der Lage war. „Sag was!“

„Hey, wir brauchen deine Unterstützung! Wo bist du?
“ Er hörte die Stimmen dumpf durch die Kopfhörer.

„Greift endlich weiter an. Diesmal schaffen wir es.“ Er presste die Worte stammelnd hervor, während er versuchte Luft zu bekommen. Alles an ihm fühlte sich schwach an, doch noch saß er hier im Sessel und versuchte, den sich ständig veränderten Sequenzen auf dem Bildschirm zu folgen. Sein Herz raste und sein Schweiß rann in wahren Sturzbächen seinen ganzen Körper herab. Er versuchte, weiter krampfhaft dem Kampf zu folgen und seine Finger zu kontrollieren.

Plötzlich wusste er nicht mehr, wo er war. Eben war er doch noch vor der Burg.

Wieso hatte er nun lauter Verlustmeldungen auf dem Bildschirm? Wieso brüllten irgendwelche Stimmen auf ihn ein? Brüllten sie ihn an oder waren das irgendwelche Hinweise? Wo war die Dose, die eben noch da stand? Seine Augen suchten unwillkürlich wirr die Umgebung ab. Was machte er hier?

Die bunten Bilder direkt vor ihm zogen ihn in ihren Bann. Es war ihm, als würde er sie das erste Mal sehen, auch wenn er ihren Sinn nicht verstand. Er bemerkte nichts mehr um sich herum, sondern sah nur noch die Bilder vor sich. Sein Körper existierte nicht mehr. Hatte er überhaupt einen Körper? Dann war da nichts mehr.

„Darius?“ Die weibliche Stimme klang freundlich. „Ich bin schon eine Stunde früher da. Ich hoffe das ist ok?“ Die dunkelhaarige Frau schloss die Tür hinter sich und machte erstmal das Licht an. Auf dem breiten Flur lagen wie üblich einiges an leeren Flaschen und Dosen herum. Es war nicht so schlimm wie schon so manches Mal, aber auch nicht wirklich wenig. Wieso konnte er denn nicht einfach diesen Müll in den großen Sack stecken? Während sie durch den Flur zur Küche lief, sammelte Ingrid schon ein paar der Flaschen auf.

„Was macht der denn hier?“ Ein verbogener metallener Kleiderbügel von der Wäscherei lag einfach so mitten im Flur. Hier gab es einige dieser Bügel, aber normalerweise hingen die im Schrank und waren nicht aufgebogen und mit irgendwas Rotem beschmiert.

„Was wolltest du denn mit dem Bügel machen?“ Immer noch bekam sie keine Antwort. Schlief er gerade oder hatte er wieder seine Kopfhörer so dicht auf seinen Ohren, dass er sie nicht hörte?

Eigentlich mochte sie den Mann, aber komisch war er schon. Schöne Wohnung, verdiente genug Geld, um sich eigentlich ein angenehmes Leben zu machen und war auch, bis auf seine Ungepflegtheit, eigentlich nicht hässlich. Aber irgendwie kümmerte er sich um nichts. Das Einzige, was ihn interessierte war sein Computer.

Aber gut, er zahlte angemessen und die Arbeit bei ihm war auch nicht schlechter oder schwerer als bei allen anderen Kunden. Nachdem sie die Flaschen in den Sack und den Bügel in den Müll gesteckt hatte, lief die Putzfrau zum Arbeitszimmer. Die Tür war nur angelehnt und sie hörte leise Stimmen. Vorsichtig klopfte sie.

„Darius? Darf ich rein kommen?“ Als keine Antwort kam, öffnete sie die Tür und machte das Licht an. Selbst die Nachbarn einen Stock unter ihr konnten ihren Schrei hören. Vor ihr lag, halb auf dem Sessel halb auf dem Boden ihr Kunde.

Sein ganzer, nackter Körper war einfach nur dunkel. Ob schon Schwarz oder noch Dunkelblau, konnte sie nicht so schnell verarbeiten. Seine rechte Hand umklammerte noch sein Kopfhörerkabel, seine Augen waren glasig und angstvoll geweitet. Panisch wich sie einen Schritt zurück. Sie hörte jetzt die Stimmen aus dem PC genauer.

„Du solltest wirklich mal deinen Arsch bewegen und endlich zu einem Arzt gehen … . Hey, hörst du uns eigentlich noch?"

„Wo bist du?"

TRÄGHEIT

Das Auge
des Berges

Das Auge des Berges

1912

Umgeben von tausenden Sternen zeichnete sich der Mond in seiner vollen Schönheit in der spiegelglatten Oberfläche des kleinen Sees ab.

Wenn sie es nicht besser gewusst hätte, dann hätte sie dieses unheilvolle Licht der Nacht nicht über sich im Himmel gesucht, sondern das Spiegelbild vor sich auf der Oberfläche des schwarzen Sees für absolut real gehalten. Ursula stand am Rande des kleinen Gewässers und betrachtete dieses unglaubliche Phänomen. Sie wusste, dass das vor ihr kein Spiegel war, kannte sie diesen kleinen See und seine Geschichte schon seit ihrer Kindheit. Es war eine der düsteren Nachtgeschichten, die ihre Großmutter ihr und ihren Geschwistern vor dem Einschlafen erzählt hatte. Doch heute Nacht wirkte er noch surrealer als früher, eher wie ein großer Spiegel als ein unscheinbarer See mitten in den Schweizer Bergen.

Tagsüber kamen vielleicht einmal Bergwanderer oder Almhirten, die sich abseits der Wege bewegten, an dem dunkelblauen Gewässer vorbei und bewunderten seine Schönheit. Aber jetzt, mitten in der Nacht, würde garantiert niemand diese magische Ruhe stören. Niemand würde sie davon abhalten können, ihn wieder zu finden.

War es damals auch schon so unwirklich gewesen? Sie versuchte, sich an die Nacht in ihrer Jugend zu erinnern, als sie das letzte Mal hier stand. Doch alles, was sie fand, war ein unbeschreibliches Gefühl von Hingabe und wie sie plötzlich ängstlich davon rannte. Alles andere verschwamm, je mehr sie versuchte, sich zu erinnern.

Sie schüttelte den Kopf. Sie sollte sich auf das Jetzt konzentrieren. Immerhin war Ursula kurz nach ihrem kargen Mittagessen losgelaufen, um jetzt hier sein zu können. Bei sich trug sie nur eine Laterne, damit sie auch nach Einbruch der Dunkelheit ihren Weg fand und etwas Brot und Wasser, damit sie den mühsamen Aufstieg bewältigen konnte, ohne abbrechen zu müssen. Als junges Mädchen war ihr das allerdings leichter gefallen, da war sie ja auch noch voller gespannter Neugier und hatte ihr ganzes Leben noch vor sich.

Doch jetzt war das anders. Dieses war die Nacht, in der sie nicht mehr zurückgehen würde. Heute Nacht würde sie nicht wieder weglaufen, ihn nicht im Stich lassen. Sie würden für immer zusammensein.

Ursula betrachtete sich im Spiegelbild des schwarzen Sees vor ihr. Die Helligkeit hier oben ließ sie jede Nuance ihres lebenserfahrenen Gesichts erkennen. Sie war jetzt Ende Dreißig, eine alte Jungfer wie die Leute im Dorf sie nannten. War sie doch nie verheiratet gewesen und auch noch Jungfrau. Aber wie sollte sie auch jemals einem anderen Mann gehören wollen, nachdem sie als junges Mädchen ihn gesehen hatte?

Sie hatte ihr Leben lang auf ihn gewartet, doch er war nie gekommen. Bis ihr klar wurde warum.

Sie wollte nicht ihr eigenes Gesicht sehen, sondern suchte nach etwas anderem. Endlich wandelte sich ihr eigenes Antlitz in das, was sie sich so sehnlichst wünschte zu sehen.

„Ich wusste es!“

Während sie ihren Blick lächelnd auf ihn gerichtet hatte, ging Ursula einen Schritt nach vorne und ihr rechter Fuß versank im See. Sie fühlte das eiskalte Wasser ihren Knöchel umspielen. Sie hatte geahnt, dass es kalt wäre, doch es war viel eisiger als gedacht.

Einen Moment war sie versucht über ihr Vorhaben nachzudenken, ihren Fuß zurückzuziehen und doch wieder wegzulaufen. Doch Ursula schüttelte den Kopf, die Entscheidung war schon gefallen, als sie los gelaufen war. Lange genug hatte sie dem Schmerz widerstanden und versucht es, ohne ihn und seine Liebe zu schaffen. Doch der Wunsch, diesem unbeschreiblichen Gefühl für immer zu folgen, wurde einfach zu groß. Warum hatte sie damals nicht auf ihre Mutter hören wollen? Doch als dummes Kind musste sie ja unbedingt ihren Träumen nachhängen und ihrer Neugier folgen. Und nun war es zu spät. Jetzt musste sie ihrer Sehnsucht gehorchen.

Das Wasser erreichte ihre rechte Wade. Sie fühlte keinen Boden. Ursula war sich sicher, dass der Grund des Sees nicht hier auf dem Berg zu finden wäre. Als sie darüber sinnierte, war sie kurz irritiert, warum die Oberfläche immer noch spiegelglatt erschien und das Eintauchen ihres Fußes keine Wellen schlug. Doch sein Gesicht lächelte ihr so glücklich zu, dass sie ihre Gedanken verwarf. Heute Nacht würde sie ihn endlich bei sich haben. Nach heute Nacht würde sie niemand mehr als alte Jungfer bezeichnen. Sie würde nie wieder neidisch ihre Freundinnen beobachten, wie sie mit ihren Männern und Kindern zusammen Zeit verbrachten.

Und könnten sie sein wunderschönes junges Gesicht und sein unglaubliches Lächeln sehen, dann wären endlich einmal sie diejenigen, die neidisch wären. Sie spürte seine Finger an ihrem Bein. Die sanften Berührungen überzogen ihren ganzen Körper mit einem Schauer. Fühlte es sich wirklich so an, wenn ein Mann eine Frau berührte? Wieso war sie nicht schon vor so langer Zeit bei ihm geblieben und hatte ihre Bestimmung erfüllt?

Ein letzter Seufzer und das leise Geräusch als sie ihr Gleichgewicht aufgab und ihr Körper im See versank, waren genauso schnell wieder verschwunden, wie sie entstanden waren.

2022

„Da haben wir nun das Objekt, das Sie sehen wollten, Frau Konrad. Haben sie es sich so vorgestellt? Ich hoffe Sie sind nicht enttäuscht, dass es so weit abseits liegt?"

Die angesprochene junge Frau sah sich in der Umgebung um. Sie konnte ja verstehen, dass man gerade ihr wohl eher eine schicke Wohnung in einer Großstadt zutrauen würde. Oder, wenn schon hier mitten in den Bergen, dann wohl in Zermatt direkt. Und eher kein altes kleines Haus in einem winzigen Schweizer Bergdorf in Sichtweite des Matterhorns. Doch sie wollte gerade genau das. Sie wollte Ruhe. Eine Ruhe, die man nicht in einer Großstadt wie München, wo sie bisher gelebt hatte oder in Zermatt, einem riesigen Bergdorf der oberen Zehntausend finden konnte. Einem Ort, in dem wahrscheinlich weit mehr als die Hälfte der Wohnungen nur für Ferienzwecke genutzt wurden und immer wieder neue Leute beherbergten. Nein, die Abgeschiedenheit hier oben war perfekt.

Der Betrug ihres Verlobten kurz vor der Hochzeit und die vielen mitleidigen Blicke der Nachbarn, sowie gut gemeinte Ratschläge ihrer Freunde hatten sie fast in eine Depression getrieben. Sie wollte nur noch weg von allem. Einfach zur Ruhe kommen. Mal nicht mehr über all das nachdenken, was sie nun nicht mehr hatte.

„Es ist wirklich schön. Aber Sie sagten mir noch nicht, warum es so günstig zu haben ist."

Der Mann im grauen Anzug fühlte sich sichtlich unwohl. Seine Schuhe waren für diese Wege nicht ausgelegt und die Sonne brannte einfach zu sehr, um bei diesem Wetter ein Jackett zu tragen. Er kramte die Unterlagen hervor.

„Nun, es ist nicht gerade eine wirkliche Top Lage. Kleine Berghütten zur Dauermiete und nicht als Ferienwohnungen sind eher selten und suchen besondere Menschen. Aber für die richtige Mieterin, wird es ein wahres Kleinod sein. Da haben Sie vollkommen recht."

„Ich wollte schon immer einen Hund. Aber mein Freund, ähmmm, Ex-Partner fand, dass sie nur Dreck machen würden und nicht in eine Stadt gehören. Hier könnte ich mir das wirklich gut vorstellen."

Er nickte. „Wie möchten Sie das mit ihrer Arbeit machen?"

Der Makler sah sie aufmerksam an. Es wirkte, als würde er überlegen, ob Kathleen sich das Haus wirklich leisten konnte. Auch wenn es wirklich recht günstig war und schon ein ganzes Jahr leer stand.

„Hier oben habe ich Netz und einen Router mit W-Lan bekomme ich hier auch her. Und das reicht zu 80% für meine Arbeit."

Er nickte.

„Sind die anderen Häuser hier alle bewohnt? Oder kommen die Besitzer oder Mieter nur an den Wochenenden und Ferien hier her?" Kathleen war etwas verwundert, dass noch niemand seinen Kopf aus dem Fenster gesteckt oder auf die Gasse gekommen war, um sie neugierig zu begutachten.

Der Makler sah sich kurz um. „Das kann ich ihnen nicht sagen. Ich war bisher noch nie hier und in meinen Unterlagen steht nur etwas über dieses eine Objekt."

„Ich nehme es!" Kathleens braune Augen leuchteten leicht, als sie ihre eigene Stimme die Worte aussprechen hörte. Bis eben war sie sich irgendwie noch unsicher gewesen. Doch diese drei Worte hatten eine Entscheidung gebracht. Es waren also wohl nicht „Ja, ich will!", die drei magischen Worte in ihrem Leben, die alles verändern würden, sondern „Ich nehme es!" Der Makler lächelte sie an.

„Gut, dann lassen sie uns doch zur Gondel zurücklaufen und nach unten ins Tal fahren. Dort können wir dann die Verträge fertig machen."

Eine Woche später stand die junge Frau mit zwei großen Rollkoffern, einer Laptoptasche und einer Art Wanderrucksack vor ihrem neuen Domizil.

Ihre wenigen Möbel würden erst Stück für Stück in den nächsten Wochen hier herauf gebracht werden. Für große Lastwagen gab es keine Zufahrt und selbst normale PKWs durften nur zu besonderen Uhrzeiten und auch nur mit ausdrücklicher Genehmigung die schmale Straße benutzen. Aber das war nicht sonderlich schlimm. Das Haus war eh komplett möbliert. Sie hatte sich drei Wochen Urlaub genommen, um erst einmal hier anzukommen und sich in ihrem neuen Umfeld umzusehen. Die ersten Tage verbrachte Kathleen damit sich in dem kleinen Haus etwas gemütlicher einzurichten.

Eine größere Wohnstube im Erdgeschoss mit einem urig anmutenden Kamin, einer winzigen Küche und zwei kleinere Zimmer unter dem Dach, die durch eine schmale Holztreppe zu erreichen waren. Es war wahrlich keine Villa mit seinen gerade einmal knapp 80 Quadratmeter, aber für eine Person vollkommen ausreichend. Sie war immer noch glücklich, dass sie diese Anzeige durch Zufall entdeckt hatte.

— Ihnen ist alles zu viel? Sie suchen Ruhe und Abgeschiedenheit? Sie möchten weg von allem und in der malerischen Landschaft der Schweizer Bergwelt wohnen und leben? Keine Autos, ungebetene Besucher zu den unmöglichsten Zeiten oder den ständigen Lärm einer Stadt? Dann haben wir hier für sie das perfekte Objekt. —

Darauf folgte eine Beschreibung der kleinen Hütte, der Hinweis, dass man das Objekt für ein halbes oder ein ganzes Jahr mieten könnte und ein unschlagbarer Mietpreis. Diese Anzeige musste doch mehrere

Personen angesprochen haben und doch hatte sie sofort den Zuschlag erhalten. Endlich mal etwas Glück, nach all dem Pech davor.

Kathleen hängte ihre Kleidung in den großen Bauernschrank in ihrem Schlafzimmer und betrachtete missmutig den Kleidersack mit dem Aufdruck des Hochzeitsgeschäftes. Wieso hatte sie es hier her mitgenommen? Wollte sie nicht gerade genau das hinter sich lassen? Sie nahm das Kleid mit nach unten und legte es neben den Kamin. Das wäre doch ein guter Einstand, das Alte verbrennen, um dem Neuen einen richtigen Beginn zu ermöglichen.

Als sie am vierten Tag abends, eingewickelt in eine kuschelige Decke, auf der kleinen gemütlichen Bank vor dem Haus saß und die erste Flasche Rotwein fast geleert hatte, spürte Kathleen wieder diese Traurigkeit in sich aufsteigen. Drei Wochen vor der Hochzeit abserviert zu werden, war schwer zu verkraften. Aber dann noch zu erfahren, dass die eigentlich beste Freundin der Grund dafür war, war niederschmetternd. Aber endgültig zerstört hatten sie die vielen mitleidigen Blicke und das widerliche Getuschel hinter ihrem Rücken. Diese ständigen latenten Andeutungen, ob sie wirklich so blind gewesen sein konnte es nicht bemerkt zu haben. Und natürlich haben es plötzlich alle schon immer gewusst.

Ob das allerdings die Wirklichkeit oder nur dem Wahn der Menschen, immer alles besser zu wissen entsprungen ist, war dabei vollkommen egal. Jedenfalls hatte es ihre ganze Welt auf den Kopf gestellt. Ohne es verhindern zu können, liefen wahre Sturzbäche von

Tränen über Kathleens Wangen und Hals zu Boden. Sie hasste ihre ehemalige Freundin so sehr. Schon immer war diese dumme Kuh auf ihr Leben eifersüchtig gewesen. Hatte sie die ganzen Jahre wirklich nicht erkannt, wie sehr sie ihr ihr Glück geneidet hatte?

Nun jetzt war es zu spät. Jetzt spürte Kathleen dieses widerliche Gefühl des Neids. Neid auf alles, was man ihr genommen hatte und was sie nie wieder zurückbekommen würde.

Auf dem Weg sich Taschentücher zu holen, sah die junge Frau kurz zu dem nur noch bis zur Unkenntlichkeit verbrannten Brautkleid. Sie erinnerte sich an den Moment, an dem sie sich im Laden das erste Mal darin gesehen hatte und wie glücklich sie sich damals fühlte. Es jetzt in Flammen aufgehen zu sehen, war wirklich eine Metapher. Es fühlte sich schmerzhaft an etwas verbrennen zu sehen, das so unglaublich schön war und doch so nutzlos. Sie zwang sich wegzusehen.

Ihre Augen blieben an dem Bücherregal genau neben dem Kamin hängen. Es waren zwar nur sehr wenige Werke darin vorhanden, aber ein Buch mit dem Titel „Sagen und Legenden der Schweizer Bergwelt“ zog mal wieder ihre Aufmerksamkeit auf sich. Sie hatte es die Tage schon einmal bemerkt und etwas nach vorne gezogen, aber noch keine Lust verspürt zu lesen. Doch jetzt nahm sie es mit nach draußen. Etwas Ablenkung konnte nicht schaden. Beim Durchblättern bemerkte sie ein kleines Eselsohr auf einer der Seiten und öffnete es an der Stelle. Vielleicht war das ja ein Zeichen.

Die Geschichte hieß: Das Auge des Bergs. Während sie die zweite Flasche Rotwein öffnete, begann sie zu lesen.

Die kurze Geschichte handelte von einem gigantischen Riesen, der schon alles gesehen und getan hatte und dem so unglaublich langweilig war, dass er sich im Laufe von Jahrtausenden immer weniger bewegte und sich so langsam in einen versteinerten riesigen Berg verwandelte. Nur ganz selten atmete oder regte er sich noch, um nicht vollkommen zu sterben. Doch auf zwei Sachen wollte der Riese selbst jetzt noch nicht verzichten, den Himmel und seine unglaubliche Weite zu sehen und den Ausdruck in den Gesichtern von Menschen, wenn sie ihrer wahren Liebe begegneten. Aus diesem Grund platzierte er seine Augen so, dass sie an Orten lagen, an denen nichts jemals ihre Sicht versperren könnte.

Für heutige Menschen waren diese Augen nur kleine unscheinbare Seen mitten auf dem Berg, die sich aus den Tränen des Riesen speisten, weil er nicht sehen konnte, was er sich so wünschte. Denn auch wenn es ihm leicht fiel Sterne und anderen Himmelskörper zu betrachten, so war ihm der Ausdruck in den Gesichtern von Menschen zu meist verwehrt. Und das obwohl er versuchte seine Magie dafür einzusetzen, um Menschen dazu zu bringen, ihm diesen Ausdruck zu zeigen.

Denn er machte ihnen ein Geschenk: Wenn man nachts bei vollem Mond am Rand eines seiner Augen stand und in es hineinblickte, dann zeigte er dem Menschen die Person, die seine wahre Liebe verkörperte.

Doch im Laufe der Jahrhunderte vergaßen die Menschen dieses Geschenk und immer weniger kamen zu den zwei Seen, um dort ihre wahre Liebe zu erkennen, und die Augen des Riesen füllten sich nicht mehr mit Tränen des Glücks, sondern der Trauer.

Kathleen war von der Geschichte gefangen. Wie schön musste es sein, wenn man die wahre Liebe gezeigt bekommen würde. Wenn man sich dann garantiert keine Gedanken um Betrug oder Verrat mehr machen müsste. Die nächsten Tage dachte sie immer wieder über die Sage nach und irgendwann nahm sie ihren Laptop zur Hand und suchte nach „Dem Auge des Berges“ und „Schweizer Berge“.

Auch wenn sie eigentlich nicht damit gerechnet hatte, so fand sie wirklich ein paar Einträge über diese Geschichte und sogar eine Beschreibung, wo sich eines der Augen befinden sollte. Ein paar der Berichte über ähnliche, aber andere Legenden waren von einem Mann mit dem Namen Mark kommentiert worden, der sich scheinbar mit solchen Sachen beschäftigte. Allerdings nichts bezüglich dieser Geschichte. Doch seine Aussagen klangen spannend und so schrieb Kathleen ihm eine Mail und er antwortete recht schnell. Nach ein paar weiteren elektronischen Briefen gab sie ihm ihre Telefonnummer und er versprach, sich zu erkundigen und dann zu melden. Ab diesem Moment war ihre Neugier endgültig geweckt.

Dieser See war ganz in ihrer Nähe, vielleicht eine oder zwei Stunden zu Fuß entfernt. Wobei man das hier nie so genau sagen konnte, da bergauf ganz anders zu laufen war als bergab. Laut Plan musste sie, um zu dem

See zu gelangen, ein ganzes Stück bergauf gehen. In fünf Tagen war Vollmond. Kathleen dachte ernsthaft darüber nach, ob sie einfach mal ein Abenteuer wagen und dort hingehen sollte. Dann könnte sie vielleicht etwas aus erster Hand über diese Legende sagen und falls es wirklich stimmte, dann wüsste sie wie ihr wahrer Seelenverwandter aussehen würde.

Aber wenn, dann sollte sie sich diesen See, dieses Auge des Riesen, erst einmal am Tage ansehen. Vielleicht war er ja gar nicht zu erreichen und dann wäre sie mitten in der Nacht ganz umsonst dort hingelaufen.

Ein paar Stunden später stand sie am Rande eines kleinen, wirklich wunderschönen ovalen Bergsees. Die ganze Vegetation hier oben war zwar karg, aber so unglaublich bunt und vielfältig, dass die junge Frau wirklich überrascht war. Schmetterlinge in mannigfaltigen Farben flatterten von Blüte zu Blüte. Auf dem Weg hatte sie sogar ein Murmeltier gesehen, das auf einem kleinen Felsen seinen Bauch in die Sonne hielt und zwei wirklich große Raubvögel, die über ihr mit ihren großen Kreisen ihre Position als Herren der Lüfte symbolisierten.

Doch was sie absolut faszinierte, war die Farbe des Wassers. Es schimmerte von Himmelblau bis hin zu dem dunkelsten Königsblau, das man sich vorstellen konnte. Und es erschien wirklich so, dass es wie bei einem richtigen Auge, nach innen immer dunkler wurde und sich der dunkelste Punkt genau in der Mitte befand. Jetzt konnte sie verstehen, wieso man den See als „Auge des Berges“ bezeichnete.

Kathleen setze sich an den Rand, betrachtete das Gewässer und sah sich um. Die Sonne ließ das Wasser leicht schimmern und doch bewegte der stetige Wind die Oberfläche keinen Millimeter. Direkt um den Rand war nichts von dem sonst so üppigen Pflanzenbewuchs zu bemerken. Es wirkte eher so, als würde es immer kahler werden umso näher man dem See kam. Das war wirklich ein verwunschener und, wenn man sich darauf einlassen würde, wahrscheinlich sogar magischer Ort.

Kathleen überlegte kurz, ihre geschundenen Füße ein wenig im wahrscheinlich angenehmen Wasser abzukühlen, hatte aber dann irgendwie das Gefühl, als wäre es eine Beleidigung für den Riesen, vor dessen Auge sie gerade saß. Auf dem Rückweg war sie sich sicher: In vier Tagen bei Vollmond, würde sie garantiert hier her zurückkehren. Was hatte sie schon zu verlieren, außer einen langen Spaziergang in der der Nacht. Und außerdem waren die Nächte hier oben in den Bergen wunderschön und selten wirklich dunkel, das hatte sie schnell bemerkt. Durch das Fehlen von künstlichen Lichtern und so viel näher am Himmel leuchteten die Sterne und der Mond unglaublich intensiv und hell.

Die nächsten Tage verbrachte die junge Frau meistens allein vor ihrem neuen Zuhause. Nur einmal nutze sie die Gondel für den Weg nach oben, nachdem sie in Zermatt einkaufen war. Sie hatte wenig Lust verspürt, die ganzen Rotweinflaschen den Berg hinauf zu tragen. So schön es auch hier oben war und so sehr sie auch die Ruhe mochte, einkaufen war wirklich ein großer Minuspunkt für das Leben in einem abgeschiedenen Bergdorf. Doch sie brauchte den

Alkohol, auch wenn es früher eigentlich gar nicht so ihrem Lebensstil entsprochen hatte. Aber das war davor. Jetzt wollte sie einfach nur den Schmerz betäuben.

Natürlich war ihr klar, dass das nicht auf Dauer gut gehen würde. Aber sie hatte ja immerhin drei Wochen Urlaub und gerade tat es ihr gut. Es betäubte diese zerstörerischen Gefühle, die sich, vor allem nachts, bemerkbar machten.

Vielleicht würde sie in ein paar Tagen die große, einzig wahre Liebe ihres Lebens in einem See sehen, dann würde der Schmerz möglicherweise auch endlich vergehen. Am Tag des Vollmonds spürte sie, das erste Mal seit dem das mit ihrem Ex Verlobten passiert war, so etwas wie Vorfreude gepaart mit Angst vor einer Enttäuschung. Eigentlich ein komisches Gefühl, wenn man nur einer sinnlosen und natürlich nicht wahren Legende über die Augen eines Riesen folgte.

Als es langsam begann zu dämmern, hatte Kathleen ein wenig Angst vor ihrer eigenen Courage, doch eine weitere halbe Flasche Rotwein gab ihr die nötige Motivation, um sich wirklich auf den Weg zu machen.

Ganz so einfach, wie sie es sich vorgestellt hatte, war es allerdings doch nicht in der Dunkelheit, den selten benutzen Weg zu finden. Doch moderne Technik, einer vorher schon eingegebene Route, aber vor allem das Hochgefühl ein Abenteuer zu erleben, brachte die junge Frau, rund eine Stunde, nachdem die Sonne endgültig untergegangen war, an den gewünschten Ort.

Noch war der Mond nicht direkt über ihr und so wartete sie am Rande des Sees. Sie schaltete ihr Handy auf lautlos. Hier, mitten im Nirgendwo in ihrem Abenteuer, wollte sie auf keinen Fall gestört werden.

Die leisen Geräusche der sie umgebenden Tierwelt verängstigten die junge Frau ein wenig. Doch Kathleen wusste, dass es hier oben kaum Tiere gab, die sie angreifen würden. Dass ein Wolf sich bis hier oben verirrte und gerade jetzt hier herumschlich, wäre ein zu großer Zufall. In der Nacht wirkte der See weniger romantisch als am Tag. Eher wie ein düsterer Ort, ein schwarzes Loch, das einen einfach verschlucken würde, wenn man ihm zu nahe kam.

Irgendwie fragte Kathleen sich, ob das wirklich eine so gute Idee gewesen war, hier her zu kommen? Natürlich war ihr vollkommen bewusst, dass sie gar nichts sehen würde. Ein See, so glatt und schön er auch sein mochte, war kein Spiegel und dieser See war garantiert kein echtes Auge und damit auch kein Spiegel zur Seele, was man den Augen ja nachsagte. Sie würde hier nichts finden, das ihr das Gefühl besonders zu sein, wieder geben würde.

Aber jetzt war sie nun mal hier, also konnte sie auch noch die kurze Zeit abwarten, bis der Vollmond direkt über ihr stand und dann in den See schauen.

Als die Zeit des Wartens um war, nährte sie sich vorsichtig dem Gewässer. Am Tag hatte sie gesehen, dass er klare Linien hatte, die ihn von dem Gestein um sich herum abtrennten. Ob es langsam tiefer wurde oder sofort bodenlos war, konnte sie nicht sagen, sie hatte selbst im Licht der Sonne nicht mehr als die Oberfläche gesehen. Der Mond spiegelte sich genau in der Mitte und die Sterne darum ließen die

Wasseroberfläche magisch glitzern, als die junge Frau ihren Kopf über den Rand hielt und sich selbst betrachtete.

Unwillkürlich zuckte sie zurück. Sie hatte mit vielem gerechnet, aber nicht, dass sie wirklich das Gefühl hatte, in einen Spiegel zu schauen. Vorsichtig trat sie wieder näher und sah erneut hinein. Sie konnte jede, durch die Trauer der letzten Wochen entstandene Furche unter ihren braunen Augen erkennen und selbst, dass ihre Augen braun waren, erkannte sie. Vollkommen fasziniert betrachtete sie ihr Spiegelbild, als es sich plötzlich begann zu verändern. Ihre weiblichen Züge wurden härter und ihre braunen Augen wechselten nicht nur ihre Form, sondern auch ihre Farbe zu Blau. Ihre blonden mittellangen Haare wurden kürzer und braun. Während sie noch versuchte zu begreifen, was hier geschah, blickte sie nicht mehr in ihr eigenes Spiegelbild, sondern in das Gesicht eines wunderschönen Mannes, der sie erst überrascht und dann glücklich anlächelte.

Was geschah hier? Sie konnte ihre Augen nicht von dem Bild vor sich abwenden. Ihre Pupillen weiteten sich und ihr Herz schlug in einer Geschwindigkeit, dass sie Angst hatte es würde aus ihr herausbrechen. Alles in ihr wollte die Person vor sich genauer sehen, ihn berühren, seine Stimme hören und von ihm berührt werden. Sie spürte eine solche Wärme in sich, eine nie gekannte Glückseligkeit. Als sie ihre Hand nach dem Mann vor sich ausstreckte, hatte sie schon vollkommen vergessen, dass sie sich an einem See mitten auf einem Berg befand. Alles, was noch zählte, war dieses unbeschreibliche Gefühl des Glücks. Sie sah dabei zu, wie ihre Hand sich der Person unter ihr nährte und wie seine Hand ihr entgegen gestreckt wurde. Als sich ihre Finger trafen, spürte sie die Kälte, die von ihm ausging, nicht. Sie fühlte nur den Moment der Freude, ihn endlich leibhaftig zu berühren.

Dieser Mann war alles, was sie sich je gewünscht hatte. Alle ihre Freundinnen würden sie unsagbar beneiden, wenn sie zusammen auftauchen würden. Langsam umschlossen sich ihre Hände und ihr Kopf nährte sich seinem lächelnden Mund. Seine Stimme hallte ihn ihrem Kopf wider.

„Wo warst du so lange meine Liebste? Ich habe so sehnsüchtig auf dich gewartet."

„Ich werde dich nie wieder loslassen."

Sie hörte, wie die Worte ihren Mund verließen und wie sich sein Kopf dem ihren nährte. Gleich wäre es soweit und ihre Lippen würden sich endlich berühren. Alles in ihr drängte auf diesen Augenblick, dem Moment vollkommenen Seins. Sie spürte noch, wie ihre Finger von seiner Hand umschlossen wurden und wie ihre Lippen nur noch einen Wimpernschlag von den seinen entfernt waren, als sie das Gleichgewicht verlor und kopfüber in den See stürzte.

Der kurze Moment der Erkenntnis und des Aufpralls auf das eiskalte Wasser traf Kathleen wie ein brutaler Schlag in den Magen. Es war, als ob sie aus einem Traum erwachte. Sie spürte, wie die Finger des Mannes immer noch mit den ihren verschlungen waren, als sie panisch versuchte, ihn loszulassen, um wieder zur

Wasseroberfläche zu kommen, und doch merkte, wie sie immer tiefer hinabgezogen wurde.

Das Handy vibrierte wiederholt stumm auf dem kleinen Felsenvorsprung neben dem absolut spiegelglatten See. Nichts deutete darauf hin, dass hier vor kurzem noch eine junge Frau gekniet hatte. Ein Foto mit dem Gesicht eines Mannes Ende Dreißig mit einem Vollbart, einer dunklen Brille und dem Namen Mark leuchtete weit in die Nacht.

„Hallo Kathleen. Schade, dass du nicht dran gehst. Ich hatte so sehr gehofft ‚dich zu erreichen. Hast du meine ganzen Nachrichten bekommen?"

Die Stimme des Mannes klang besorgt.

„Bitte geh dran. Ich hoffe du machst gerade irgendetwas anderes und bist nicht zu diesem See gegangen. Ich habe nach deiner Frage mal begonnen etwas zu recherchieren und ein paar komische Sachen zu dieser Legende gefunden. Ich hab dir zwar schon alles per Mail zusammenkopiert. Aber falls du sie nicht abrufen kannst, hier mal die wichtigsten Sachen: Also, scheinbar verschwinden dort oben immer wieder Frauen und Männer ganz plötzlich und absolut spurlos. Und das, was du mir geschickt hast, ist wohl eher eine sehr sehr romantisierte Geschichte.

Ich habe zu der ursprünglichen Legende, die übrigens schon einige hundert Jahre alt scheint, ganz andere Sachen gefunden. Also das mit den Augen stimmt wohl, aber scheinbar besagt die Legende auch, dass der Riese sich aufgrund von unsagbaren Liebeskummer nach dem Tod seiner Geliebten, scheinbar meinen sie damit das Matterhorn, in ihrer direkten Nähe in den Schlaf begeben hatte. Und das hauptsächlich, weil er seinen Schmerz und seine Traurigkeit nicht mehr ertragen hat. Denn die Sagen deuten an, dass er sie ermordet hat. Scheinbar konnte er es nicht ertragen, dass sie einen anderen liebte. Irgendwas mit Neid über ihre Schönheit und ihr Glück war auch dabei. Allerdings verstehe ich das nicht wirklich.

Und seine Augen wollen zwar wohl wirklich weiterhin den Himmel und auch die Liebe sehen, aber mehr, weil er neidisch auf echte Gefühle sein soll und das in seiner Vorstellung reine Liebe nur im beidseitigen Tod existieren kann. Da Realität und das Leben reine Liebe immer irgendwann zerfrisst. Und man sagt auch, dass es das Gerücht gibt, dass der Riese arme Idioten, die sich der Liebe voll und ganz hingeben in den Tod reißt, um sie für immer in ihrer Vorstellung zu konservieren. Und solange das geschieht, er also immer wieder Opfer findet, wird der Riese weiterschlafen. Sollte er nämlich erwachen, dann würden alle Menschen sterben.

Also so ganz verstehe ich zwar nicht, was das eine mit dem anderen zu tun haben soll und ob das nicht zwei Legenden sind…

Aber wenn da auch nur irgendwas dran ist, dann geh bitte nicht allein da hin.

Aber auch wenn du gar nicht wirklich daran glaubst, dann geh trotzdem nicht. Diese Bergseen sind oft so tief und gefährlich, dass dort immer wieder Leute einfach so ertrunken und nie wieder aufgetaucht sind. Und das ist keine Legende, das ist eine Tatsache!

Warte also bitte bis nächsten Monat und ich geh mit dir zusammen und wir schauen, ob an dieser Legende etwas dran ist. Ja, Kathleen? Meld dich bitte." Das Mobilfunktelefon piepste noch einmal, um anzuzeigen, dass eine Nachricht eingegangen war. Danach störte in dieser Nacht nichts mehr die Ruhe dieses Ortes.

NEID

Der Zauber einer Nacht

Der Zauber einer Nacht

Mit zwei langen Schritten umrundet der adelige Fremde die Frau vor sich. Ein wenig zu nah, als es schicklich wäre, blieb er direkt vor ihr stehen.

„Liebste Julie, wenn ich schon auf den weiteren Genuss eurer Fechtkünste verzichten soll, so verlange ich zumindest, dass wir den Rest dieser Nacht gemeinsam verbringen und der, durch eure unschickliche Tat entstandenen Witwe, unser tiefstes Bedauern ausdrücken.“

„Ihr habt Recht. Und auch wenn das Spiel der Klingen nie vollkommen vorbei ist, sind heute einfach zu viele Augen auf diesen Ort gerichtet, um es weiter in seiner vollen Pracht ausleben zu können.“

Sie ging noch einen halben Schritt näher an ihn heran und berührte ihn am Hals.

„Daher wird mein wahrer Höhepunkt in dieser Nacht, mein liebster Ferdinand, sein euch dabei zu beobachten wie Ihr die trostlose Witwe in euren Armen wiegt. Wie Ihr dieser wunderschönen Dame die Freude wiedergebt, die der plötzliche und durchaus vermeidbare Tod ihres Ehemannes ihr genommen hat. Nur um sie dann wieder mit ihm zu vereinen.“

Allein die Gedanken daran erregten sie.

Doch als die eben noch entfernten Stimmen näherkamen, war klar: Sie sollten nicht länger hier verweilen.

„Und ich werde es genießen zu betrachten, mit welch süßen Worten Ihr die trauernde Dame umgarnt, bezirzt

und dann in meine Arme gebt.“ Ferdinand wünschte sich das fortlaufende Spiel der Provokationen und Neckereien würde nie enden. Doch keine Nacht ward ewig.
Langsam und leicht widerwillig nahm Julie ihre Hand von seinem Hals und legte sie auf den ihr dargebotenen Arm.

Der Ballsaal war gut gefüllt. Es hatten sich wohl kaum Gäste gefunden, die gemeinsam mit den Bütteln, einen Duellsieger suchen wollten. Auch wenn dieses Duell nicht gestattet gewesen war und sie daher eigentlich einen Mörder suchten. Aber warum sollten sie auch? Sie waren für ihr Vergnügen hier und nicht für einen nächtlichen Spaziergang, der kaum etwas außer wunden Füßen hervorbringen würde.

Als die Beiden den großen, mit Kerzen- und Kronleuchtern beleuchteten Raum betraten, spielte die Musik noch die gleichen Takte wie schon vor der tödlichen Tragödie, die sich nur kurz vorher im Garten abgespielt hatte. Julie sah immer wieder mal kurz zu dem Mann an ihrer Seite. Würde er sich wirklich so lange beherrschen können, wie es brauchte, um dem großen Finale einen würdigen Rahmen zu verleihen?

Während sie durch die Gesellschaft schritten, sah sie sich um. Sie wusste, die gesuchte Witwe, mit der sie sich noch vor kurzem auf eine wundervolle Art vergnügt hatte, würde sich kaum hier aufhalten.

Ihr Ehemann war seinen Verletzungen erlegen und sie musste der Etikette genüge tun und um ihn trauern.

Und auch wenn Julie ahnte, wo sie ihr Objekt der Begierde finden würden, hatte sie es nicht eilig. Denn warum sich den Höhepunkt schon holen, wenn es so viele andere spannende Sachen gab, die einem den Appetit anregten.

Diese Nacht war so ganz anders als geplant.

Julie sah nach oben und nahm kaum mehr einen der Anwesenden oder die Musik wahr, während sie sich in dem Blick ihres Gespielen verlor. Unvermittelt bleibt sie stehen. Eine leise Stimme in ihr warnte sie, beschwor sie sich zu beherrschen, sich der Konsequenzen bewusst zu sein.

Doch sie war sich nur noch bewusst, dass alles, was gerade zählte, neben ihr stand. Sie riss sich aus dem Blickduell und ließ schneller als schicklich seinen Arm los.

Sie hatte eine Entscheidung getroffen.

Ohne sich umzusehen, eilte sie durch die Gruppe Tanzender auf die andere Seite des Saals. Sie war sich sicher, er würde folgen. Und sie wusste, dass die Räume dahinter privater waren. Besser für das geeignet was geschehen würde, was geschehen musste.

Das freudige Lachen, was ihrer Kehle entsprang, war so echt, wie es in ihrem untoten Zustand nur echt sein konnte.

Einige der Anwesenden folgten ihr erst mit ihren Blicken und lenkten dann ihre Schritte unwillkürlich in die Richtung, in die sich Julie bewegte. Die Vampirin eilte weiter kichernd durch die Gäste ins Innere des Hauses. Ihr war wohl bewusst, dass die wenigsten an denen sie direkt vorbei kam, ihrer unnatürlichen Präsenz widerstehen würden.

Sie kannte den Ort, zu dem sie wollte. Er war perfekt für ihr Spiel.

Angekommen öffnete sie schwungvoll die kleine verzierte Tür, die in den versteckt liegenden Spiegelsaal führte.

Der Raum war eigentlich nicht besonders geräumig. Und doch wirkte er durch die ganzen spiegelnden Oberflächen, als ob er keinerlei Begrenzungen besaß.

Sie huschte um die überall verteilten Spiegelexponate herum und versteckte sich wie ein Kind hinter einem großen Stück in der Nähe des mit schweren Vorhängen verschlossenen Fensters.

Julie wartete, sah die ersten Gäste, die den Raum betraten und sich suchend und gleichzeitig fasziniert umsahen, sich selbst und gegenseitig betrachtend und nach ihr suchend. Doch noch blieb sie regungslos. Der Hauptgast war noch nicht anwesend. Schmunzelnd ließ der Fremde sich mit den Menschen treiben. Doch während die Sterblichen nur das Ziel vor Augen hatten, ihr Objekt der Begierde zu suchen, nahm Ferdinand sich Zeit, sich einzelne Damen und Herren zu beschauen. Das ein oder andere vermutlich köstliche Stück Fleisch war dabei. Flüchtig berührte er ein paar der Sterblichen, die dies in ihrer gebannten Faszination jedoch kaum bemerkten und dem Zufall zuschrieben. Er berührte die Hand eines Galantes, der an ihm vorbeieilte. Seine Finger strichen über den freien Nacken einer Dame, die dies kaum registrierte. Freundlich ließ Ferdinand einigen Menschen den

Vortritt, bevor er selbst über die Schwelle des gesuchten Ortes trat.

Dort verharrte er und ließ seinen Blick und seine Sinne durch den Raum schweifen, machte auf dem Absatz kehrt und griff nach den Türen. Eine Dame huschte noch eben an ihm vorbei in den Saal, bevor das Holz der Tür sich leicht quietschend in Bewegung setzte.

Julie lächelte, als sie die Tür ins Schloss fallen hörte.

Nun, jetzt konnte es beginnen. Sie war dankbar, dass dieser Raum nur durch einen Kerzenleuchter an der Decke beleuchtet wurde. Das Schimmern des schwachen Lichtes in den dutzenden Spiegeln tauchte den Raum in eine besondere Atmosphäre. Vorsichtig wich sie immer wieder den Männern und Frauen aus, die sie suchten, die durch die Nutzung ihrer Gabe der emotionalen Beeinflussung kaum anders konnten als ihr zu folgen, ihr nah sein zu wollen. Nur der Fremde wollte es, weil er es wollte und nicht, weil sie ihn dazu gebracht hatte.

Sie suchte ihren Weg durch die perfekt aufgestellten und aufgehängten Spiegel hindurch. Wenn es sich ergab, flüsterte sie jemandem etwas ins Ohr, gab einer Person einen flüchtigen Kuss oder streichelte ihnen sanft über die Oberkörper. Die Stimmung der Anwesenden heizte sich immer mehr auf und wurde immer ausgelassener, obwohl sich die Außentemperatur nicht veränderte.

Neben dem verzückten neugierigen Flüstern, dem leisen Rascheln der Kleider und dem Getrappel der Schuhe, hörte sie sanftes Stöhnen und sah errötende

Gesichter, denen die Lust auf das, was sich um sie herum ausbreitete, mehr als nur anzusehen war.

Die ersten Männer begannen ihre Jacken auszuziehen und sich an den Miedern der Damen zu versuchen. Ihr verzücktes, noch unterdrücktes Kichern spornte sie nur noch mehr an. Der Schein der in den Spiegeln vervielfachten Kerzen tat sein Übriges, als sie ihn endlich erblickte.

Der Anblick der Adelsgesellschaft in ihrem wogenden Treiben wirkte wie das Werken eines geübten, aber doch stümperhaften Malers auf ihn. Die immer ausgelassener werdende Stimmung zeichnete zwar wunderschöne Emotionen, doch fehlte ihm der reizende weiche Fluss der malerischen Szene.

Für seinen Geschmack verhielten sich die Damen und Herren ein wenig zu unkoordiniert und beinahe fahrig in ihrem Tun.

Seiner ästhetischen Vorstellung folgend trug es ihn kopfnickend und lächelnd in den Raum.

Flüchtig nahm er eine Dame an der Hand, drehte sie einmal um sich selbst, bevor er sie sich verzückt weiter drehen ließ. Berührte beim Weitergehen einen der Herren an der Schulter und führte ihn ohne Druck der Dame hinterher. Mehrere Male wiederholte sich sein Spiel, bevor er, nun zufriedener lächelnd, das Treiben in der Manege benickte.

Lächelnd beobachtete Julie seine Choreografie und bewegte sich nun selbst um ihn herum, als würde sie entweder tanzen oder sich im tödlichen Zweikampf um ihren Gegner drehen.

Beides hatte denselben künstlerischen Ausdruck und beides passte genau in diesen Moment.

Sie berührte mit ihren kalten Fingern erst kurz seine Hände und dann seine Wange.

Bis sie sich lächelnd wieder abwendete, sich einen der Herren nahm und ihm einen Kuss auf den Mund hauchte.

Als sich ihre Zungen berührten, biss Julie dem jungen Mann sanft in die Lippen. Genüsslich leckte sie den Tropfen vergossenen Blutes auf, während sie nach einer der Frauen griff. Sie flüsterte ihr etwas ins Ohr, kicherte und streichelte ihr über die Wange, bevor auch ihre Zungen sich im sanften Spiel vergnügten.

Unauffällig zog sie sich von ihren Gespielen zurück und betrachtete, wie die beiden ihr begonnenes Spiel fortsetzten.

„Ihr wolltet einen Kampf, doch es gibt mehr als nur eine Form des Duells… . Auch bei Ihnen beiden wird es einen Sieger geben und einen Verlierer, es wird sich taxiert, pariert und die Klinge ins Fleisch gestoßen.“ Sie lächelte anzüglich.

„Ich bin mir sicher, dass Ihr diesen Kampf bestimmt einmal genauso geliebt habt, wie den Kampf mit dem Schwert. Auch wenn es schon viele Jahre her ist. Erinnert ihr euch noch daran, wie sich der Moment anfühlt, das warme Stück Fleisch zu küssen, es zu streicheln und dann in es, unter dem gespielten Protest des Gegners, einzudringen?“

Sie nahm seine Hand und küsste dem Fremden auf seine Finger, während sie seine Handfläche streichelte.

„Vielleicht solltet ihr diesem Duell heute noch einmal eine Chance geben, seinen Reiz auf euch zu entfalten.“

Sie zog ihn zu einer der aufreizenden Damen, die ihn mit einer Hingabe betrachtete, die an vollkommene Selbstaufgabe erinnerte.

Während er seinem Gegenüber ein betörendes Lächeln schenkte und seine Fingerkuppen der Dame über das Brustbein ihren Hals hinauf bis zum Kinn streichelten, suchte Ferdinand in seiner Erinnerung an das, was sein sterblicher Leib einst begehrte. Doch so sehr er sich auch bemühte, fand er hauptsächlich Leere.

Hatte er das Spiel des Fleisches überhaupt geliebt? Oder nur die Verführung davor?

Mit sachtem Zug brachte er sie dazu ihm ihren Kopf und ihre Lippen entgegenzuheben. Doch während sie vor Hingabe und Sehnsucht schon zitterte, sah er nur zu seiner wahren Partnerin.

Die konnte die überschäumende Erregung der Dame spüren, sie konnte sie sehen und ja, fast schon greifen ... Sie gab sich dem Fremden mit allen Sinnen hin. Julie vergaß alles um sich herum und nicht mal die zärtlichen Berührungen, die sie einem Mann in ihrer Nähe schenkte, konnten sie auch nur den Bruchteil einer Sekunde von den überschäumenden Emotionen der Dame und der Brutalität des Fremden sie ihr zu verweigern ablenken. Sie spürte, dass diese Spannung begann, den ganzen Raum zu durchfluten und lächelte gedankenverloren, während sie sich den Gefühlen der Frau fast vollständig hingab. Den Moment des Wartens, des Gefühls nicht mehr Atmen zu können, seine Gedanken aufzugeben und ins Leere zu triften.

Das Zittern des ganzen Körpers, der so unter Anspannung stand, die, sollte sie nicht erfüllt werden, dazu führen würde, dass man das Bewusstsein verlor. Die hoffnungsvolle Erwartung, die Qualen, die keine Hölle schlimmer erschaffen könnte und die sich nur durch den einen Kuss in die höchsten Höhen des Himmels erheben.

Julie genoss all diese Gefühle der Dame vor ihm. Sie stahl sie ihr förmlich aus ihren Gedanken. Wie lange hatte sie schon keine solchen Emotionen mehr erlebt.

Aber sollte es das wirklich schon sein?

War es wirklich dieser Moment, auf den sie gewartet hatte?

Ein leises Zögern mischte sich in diesen wundervollen Augenblick ... Julie riss ihre Gedanken aus der Frau heraus ... Das war nicht echt ... eine Illusion ... nicht für die Frau vor ihm, aber für sie.

Diese Frau dort bedeutete ihr nichts. Das war nicht, was sie wollte.

Die Dame, deren liebevolle Berührungen Julie noch vor kurzem genießen konnte und deren Blut süß vor Wein geschmeckt hatte. Sie bedeutete etwas.

Nicht diese Frau hier, dieses Nichts, sollte diesen Augenblick genießen dürfen, sondern die, deren Ehemann heute den bitteren Kuss des Todes ereilt hatte.

Julie berührte Ferdinands Hand, die immer noch den Kopf der vollkommen willenlosen Frau hielt.

Sein Blick wanderte zu ihr und versagte der sehnsüchtigen Dame die Erlösung. Seine dunklen Augen spiegeln eine Frage an Julie wider. Doch erschien bei dem Blick in ihre Augen keine Antwort als wirklich wichtig.

Etwas in ihm gierte nach dieser tödlichen Duellantin. Doch der Drang in sie zu fahren war kein fleischlicher. Sein Hunger galt nicht ihrem Körper oder ihrem Blut. Ihren Geist wollte er entblößen - gewaltsam oder sanft. Ihre Gedanken und Emotionen wollte er verschlingen. Da dies sich gerade nicht in seiner Reichweite befand, nahm Ferdinand alles, was dem nahe kam. Und das war, hier und jetzt, ihr gemeinsames Spiel. Er würde keine Sekunde davon verpassen.

Sie ließ seine Hand nicht los, als sie sich auf die Fußspitzen stellte, um ihm ins Ohr zu flüstern: „Nicht Sie. Keinen von Ihnen. Sie sind es nicht wert. Schaut euch um."

Sie wendete den Blick ab und betrachtete die Menschen, die sich zum Teil in unkontrollierter Wollust auf dem Boden wälzten. Entblößte Brüste und hochgeschobene Röcke, unter den sich die Männer vergnügten.

So anregend es auch hätte sein können, so unwichtig war es gerade wirklich. Julie betrachtete es, als würde sie es das erste Mal in solch einer Art sehen. Nachdem sie ihren Blick hatte schweifen lassen, flüsterte sie weiter:

„Ihr wolltet eine besondere Frau. Eine, die einen so wunderschönen Tag verleben durfte, um dann, so schmählich, um die Nacht ihrer Entjungferung gebracht zu werden. Eine Frau, die liebreizend und wirklich tugendhaft ist. Eine Frau, die aus der Vorfreude ihrer ersten Nacht, ohne jene erleben zu dürfen, in die Dunkelheit der Witwenschaft katapultiert wurde. Sie war euer Wunsch und sie ist es wert, eure Aufmerksamkeit in solch einer Art zu erhalten. Schenkt ihr ihre erste und einzige Nacht. Und lasst mir den Moment es zu empfinden. Schenkt ihr den Zauber einer Nacht."

Julie hauchte einen Kuss auf sein Ohr und zog ihren Kopf zurück. Wie beiläufig streichelte sie seine Hand, während sie über die sich in vollkommen enthemmter Ekstase befindlichen Körper hinweg in Richtung der Tür schritt.

Auf dem Gang war es still und schummrig. Natürlich nur, wenn man von den leisen Klängen der Musik aus dem Ballsaal und dem unkontrollierten Stöhnen, den spitzen Schreien und dem dumpfen Grunzen, das selbst durch die geschlossene Tür drang, absah.

Sie wusste, welche Gänge nach oben in die privaten Gemächer führten. Mehr als nur eine Nacht hatte sie der Dame ihre Anwesenheit geschenkt, sich kichernd mit ihr in ihrem Zimmer aufgehalten und ihr gezeigt, was für Freuden diese eine besondere Nacht mit einem Mann mit sich bringen könnte.

Und nun, nun hatte Sie diesem jungen Mädchen diese menschlichen Freuden versagt und ihren Ehemann erschlagen.

Sie damit in der Kälte von Einsamkeit und Trauer zurückgelassen. Vielleicht hatte Julie einst selbst so etwas wie Trauer verspürt, doch da war längst kein Platz mehr für solche Trivialitäten.

Am Zimmer, in welchem sich das Objekt ihrer Begierde aufhalten würde, angekommen, öffnete sie leise die Tür. Die junge Frau lag in ihrem Kleid auf dem Bett. Julie konnte die Tränen und den Wein riechen.

Die wenigen Kerzen unterstrichen ihre roten Augen und das eingefallene Gesicht, als sie zur Tür blickte. Sie war allein. Das verwunderte Julie für einen kurzen Moment. Sie war gerade zur Witwe geworden und niemand hielt es für nötig, ihr beizustehen?

Sie lächelte, während sie auf ihre Gespielin zuging und sich zu ihr auf das Bett setzte.

„Meine Liebste, welch grausamer Verlust. Welch unvorstellbares Schicksal dich in solch einer Nacht ereilt hat, das Worte kaum ausdrücken können."

Die junge Frau sah ihr in die Augen. Ein mühsamer Versuch des Lächelns, der durch die Tränen einen besonderen Ausdruck bekam, zeigte sich auf ihrem Gesicht.

Julie streichelte ihr sanft über die Haare und küsste sie auf die Stirn. Ihr Gegenüber entspannte sich zusehends.

„Lass mich dir in dieser, deiner dunkelsten Stunde, beistehen." Julies Hände wanderten über ihr Gesicht hin zu ihrem Hals und hinab bis zu den Ansätzen ihrer

Brüste. Die Tränen versiegten und die junge Frau schloss genießend ihre Augen. Julies Hände streichelten weiter sanft über das Kleid hinab, während sie sich genussvoll über ihre Lippen leckte und in Richtung des Ausgangs blickte. Der klaren Aufforderung folgend betrat Ferdinand das Gemach und schloss leise die Tür.

Selbst diese wirklich sanfte Berührung verursachte ein leises Rascheln und mischte sich dadurch harmonisch in die flache Atmung der jungen Frau vor ihr. Sie spürte, wie ihr Herz schlug oder hörte sie es? Es schlug schneller als normal, aber doch noch so weit entfernt von der Frequenz, die es erreichen könnte, nein sollte in dieser, ihrer, Nacht. Julie lächelte sanft, fast liebevoll:

„Meine Liebste, ich weiß, wie du dich fühlst. Ich weiß, dass du denkst, dass dein Leben zu Ende ist. Und vielleicht ist es das auch, aber willst du diese Welt verlassen, ohne zu erleben, was du dir so gewünscht hattest? Ohne den Zauber der Liebe? Der sinnlichen Vereinigung zwischen Mann und Frau? Vertraust du mir?“

Die junge Frau öffnete ihre Augen, sah sie innig an und nickte leicht. Julie küsste sie leidenschaftlich. Die Frau erwiderte den Kuss und während ihre Hände versuchten, Julies Gesicht zu berühren, beendete diese sanft das Zungenspiel.

„Komm meine Liebste.“

Die Angesprochene ließ sich ohne Gegenwehr nach oben ziehen. Julie küsste und spielte mit der Spitze ihrer Zunge über die Fingerspitzen in ihrer Hand.

„Siehst du, schon sind deine Tränen versiegt und bald wird sich auch wieder ein Lächeln auf deinem Antlitz zeigen. Lass uns ein wenig tanzen und dem Zauber, den diese Nacht für dich haben sollte, seinen Tribut zollen. Vergiss die Trauer des Verlustes und gib dich dem Moment des Seins hin.“

Die junge Frau streichelte Julies Gesicht und Dekolletee, küsste sie und ließ sich von ihr leichtfüßig durch den Raum ziehen.

Die Vampirin führte die junge Dame wie ein Galant und es schien fast, als ob diese nun endgültig vergaß, wo und in welcher Situation sie sich befand. Doch Julie wusste, in welcher Situation sie sich befanden, sie ließ den Mann auf dem Bett kaum einen Moment aus den Augen. Sah seine Blicke und spürte seinen Hunger. Sollte sie ihm wirklich dieses wunderbare, liebreizende Geschöpf überlassen? Ihre Geliebte, die ihr einige Nächte lang solche Freude bereitet hatte? Julie führte sie tanzend durch den Raum, am Fenster und der Tür vorbei wieder in die Richtung des Bettes, als sie dort abrupt stoppte und sie an sich zog. Sie hatte sich schon entschieden, als sie ihn hier hereinbrachte. Er würde ihr etwas geben, das nur ein Mann ihr geben konnte.

„Nicht mir gebührt diese Nacht. Wir hatten schon unseren Spaß. Diese Nacht sollst du erhalten, was du gerade noch verloren glaubtest: Die Freuden, die dein Mann dir hätte bereiten sollen“, flüsterte sie ihr ohne ein Lächeln ins Ohr, küsste erst Lippen und dann zärtlich ihren Hals, während sie sie langsam in Richtung des ihr Fremden drehte.

Als sich deren Augen trafen, spürte Julie dieses Verlangen, das in seinem Blick lag förmlich, es war dasselbe animalische Begehren, die sie ihm gegenüber empfand, doch da war noch mehr.

Ein viel tieferes Gefühl, eines, das sie nicht greifen konnte und im Moment auch nicht benennen wollte. Sie wollte es einfach nur haben! Es besitzen. Es mit jeder Faser auskosten.

Sie spürte das Zittern ihrer Geliebten, spürte, wie sie sich ihr Herzschlag steigerte und wie ihr ganzer Körper sich versteifte, als sie zu dem Fremden hinaufblickte und seine Hand ihre Haut berührte.

„Auch wenn dein frisch Angetrauter nun dem Leid allem Menschlichen erlegen und so jung seinem Schöpfer gegenübergetreten ist, möchtest du trotz dieses Verlustes alles das erleben, was du dir für diese Nacht herbeigewünscht hattest? Die Nacht, die dich vom Kind zur Frau erhebt?“

Das junge Mädchen seufzte traurig und nickte dann voller Hingabe.

„Mein Mann ist in einem sinnlosen Duell um meine Ehre gestorben. Er hat einen Preis für etwas gezahlt, was nie stattgefunden hatte. Vielleicht ist sein Tod dann wenigstens nicht vollkommen sinnlos.

Ihr habt mir gezeigt, was es heißt, Freuden zu empfinden, die sich nicht gehören. Freuden, die nur einer Ehefrau mit ihrem Ehemann gestattet sind und die diese beiden dazu beflügeln, dem Himmel nahezukommen. Gott muss diese unbeschreiblichen Gefühle erschaffen haben, um seiner Herrlichkeit in der Heiligkeit der Ehe noch mehr Ausdruck zu verleihen.

Wenn es schon mit euch solch eine Erhebung bedeutete, wie hoch darf man dann erst mit einem Mann fliegen? Ja, ich will."

Julie wusste, sie hatte ihre Gespielin nun in die Finger des Raubtiers vor ihr gelegt und begann routiniert deren Miederschnürrung zu lösen.

Sie ließ dieses überaus anregende Gefühl auf das, was kommen würde, weiter auf sich einbranden, als sich die Finger der jungen Frau in ihrer Hand verkrampften und Erregung sich mit Angst mischte.

Er beobachtete die Szene vor sich, hörte ihre Worte und wusste, was sie von ihm erwartete. Und auch wenn letztendlich sie es war, die er wirklich wollte, freute er sich doch auf den weiteren Weg dorthin.

Lange schon hatte er keine körperlichen Intimitäten mit einer lebenden Person mehr ausgelebt. Vielleicht sogar zu lange, denn er musste kurz überlegen, als sich das Kleid mit einem lauten Rascheln auf dem Boden verteilte. Dieses Geräusch riss ihn aus seinen Gedanken und brachte ihn ins Hier und Jetzt zurück.

Ohne Julie aus den Augen zu lassen, zog er erst seinen Gehrock aus und schnürte sein feines weißes Hemd auf. Das junge Mädchen betrachtete zitternd, die nun entblößte Brust des Herrn vor ihr. Noch nie war ein Mann in ihrer Nähe so nackt. Nicht einmal ihr Ehemann. Seine Hände streichelten ihr Gesicht und ein sanfter Zug an den gelösten Haaren zwangt ihren Kopf leicht nach hinten.

Seine nun warmen Lippen bedeckten erst ihren Hals mit weichen Küssen, während seine Hände sich ihren nun blanken Brüsten näherten und sie sanft umkreisten. Während sich leise Geräusche aus dem Mund der Witwe lösten, leckte Julie sich genüsslich über die Lippen und lächelte. Ihre Augen wurden schmaler, als ihre ehemalige Geliebte sich immer mehr diesem Mann hingab. Nun ließ sie ihn endgültig aus den Augen. Sie wollte und musste sich vollkommen auf sie konzentrieren.

Nur so schaffte sie es, keine Sekunde davon zu verpassen, zu erfahren, was sie spürte.

Den Moment, als ein leichtes Zittern den ganzen Körper erfasste, als die Luft schnell durch die Nase eingezogen und dann angehalten wurde, um den Augenblick zu konservieren. Die dann einsetzende schnellere Atmung und die Unfähigkeit, der Erregung nicht durch ein leises Stöhnen Ausdruck zu verleihen. Es waren nicht Julies eigene Gefühle und doch war es unglaublich viel mehr, als es sonst war. Endlich schien es ihr fast, als würde sie es wirklich erleben.

Der Beginn des Liebesspiels schritt unwillkürlich fort und die Hose des Mannes gesellte sich, samt dem Gürtel und dem Zierwerk, achtlos zu seinem Hemd.

Auch wenn vielleicht schon Jahrhunderte seit dem letzten Mal dieses Aktes als noch lebender Mensch zu dem jetzigen Versuch, es zu imitieren, vergangen waren, so schienen diese allgemeinen Abläufe ein allgemeines Wissen der Menschheit zu sein.

Eines, das man nicht lernen oder verlernen konnte. Etwas, das man einfach wusste, auch wenn man vorher noch nie davon gehört hätte.

Lang erlernte Feinheiten gesellten sich bei Ferdinand unwillkürlich zu dem reinen körperlichen Akt hinzu und erschufen eine Situation, in der alles im Raum eine Anspannung erlebte, die mit nur einem falschen Wort, einer falschen Bewegung explodieren würde.

Julie nahm es in einer Intensität wahr, die sie so noch nie erlebt hatte. Ihre Fähigkeiten erlaubten ihr es zwar, Gefühle der Lebenden zu spüren, aber in solch einer Form war das noch nie geschehen.

Sie spürte jedes einzelne Haar der jungen Frau, jeden Tropfen des salzigen Schweißes, der sich zwischen ihren Schenkeln einen Weg auf die Laken suchte. Die Angst und erwartungsvolle Gespanntheit, gepaart mit dem Wissen das Falsche zu tun und sich der ewigen Verdammnis auszuliefern. Sie erlebte die Vereinigung der zwei Körper und das Aufbäumen eines Leibes, der das erste Mal den Schmerz dieses menschlichen Kampfes der Lust verspürte.

Und ein anderes, sehr störendes Gefühl. Es war keines der Dame vor ihr und hatte hier nichts zu suchen. Doch verschaffte es sich leise immer mehr Gehör. Sie schüttelte kurz den Kopf, doch es blieb und flüsterte, begann den Augenblick zu vergiften.

Julie versuchte zu lächeln. Sie hatte ihr Versprechen gehalten. Das junge Mädchen erklomm die höchsten Höhen. Viel höher als ihr junger Ehemann es jemals vollbracht hätte. Doch es war viel zu erfolgreich. Die Gefühle waren fast schon zu schön, zu vollkommen.

Das Flüstern in Julie wurde fordernder, als der Fremde das junge Mädchen auf sich zog und daran ging nun nicht mehr nur den Körper allein in Betracht zu ziehen.

Seine spitzen Zähne nährten sich ihrem Hals und ohne auf Erlaubnis zu warten oder auch ihr auch nur den Hauch eines Momentes des Verstehens zu lassen, bohrten sie sich durch das helle und dünne Fleisch. Ihr kurzer hoher Schrei verebbte sofort, als ihr Blut ihren Körper verließ und die Ekstase des Bisses sie in ihren Bann zieht.

Noch war dieser übermächtige Rausch aus unverhohlener Angst, Unverständnis und purer Leidenschaft so überwältigend, dass Julie das Flüstern verdrängen konnte.

Sie spürte, wie das Herz immer langsamer wurde und dann fast schon ganz seinen Dienst versagte, nur um danach um so lebendiger wieder seine lebensspendende Arbeit aufzunehmen. Sie fühlte, wie sich das junge Mädchen dem Fremden absolut hingab, ihm nicht nur ihr Blut schenkte, sondern ihm immer mehr verfiel, ohne zu wissen warum.

Ein Spiel von Zuneigung und Zurückweisung, von einem Weg in den Himmel der Lust zurück zur Hölle des Verlustes und des Erkennens, dass es, sollte man sich vollkommen hingeben, der eigene Tod ist. Und doch hatte das Mädchen dem nichts entgegenzusetzen. Das und dieses weiterhin nagende Flüstern waren der einzige Wermutstropfen in dieser Symphonie der Gefühle.

Sie spürte, dass sie am Höhepunkt der Nacht angekommen waren.

Das junge Mädchen hatte seine Taufe der Lust und des menschlichen Spiels der Körper erhalten.

Sie war nun nicht mehr unschuldig und in keiner Hinsicht mehr rein. Verdorben für alles, was nun folgen würde und nie mehr in der Lage, diese Gefühle zu vergessen. Sie würde den Rest ihres Lebens diesem Moment nachtrauern, versuchen, ihn zu rekonstruieren, und es doch niemals erreichen.

Julie lächelte bitter bei dem Gedanken, ihrer Geliebten solche Schmerzen und solches Leid aufzubürden.

Sie sah die blutigen Spuren, die ihre Tränen gemischt mit dem Blut hinterlassen hatten. Sie sah seinen Kopf an ihrem Hals, sah seine genießenden Augen, hörte ihre leisen Geräusche, der Ergebenheit und plötzlich stoppte diese störende und unangebrachte Empfindung in ihr ihre Einflüsterungen und schrie sie förmlich an. Sie versuchte noch, ihr zu widerstehen, doch sie konnte sich selbst dabei beobachten, wie sie auf die beiden zu ging und unwirsch ihre Hand auf seine legte.

Als ob er es erwartet hatte, ließ er von dem Mädchen ab, blickte zu ihr hinauf und drehte ihren Körper in Julies Richtung.

„Natürlich mein Liebste."

Sanft strich sie ihr über das Gesicht, dann wanderte Julies Kopf küssend den Körper hinab, hin bis zu ihrem Schoß und weiter bis zu der Innenseite ihrer Oberschenkel. Sie ignorierte das Entsetzen und das Unverständnis, das sie in ihren Augen gesehen hatte, sie genoss das Wissen, dass sich dieses Gefühl bald wandeln würde. Während eine Hand auf der Hand ihres Gespielen liegen blieb, streichelte sie mit den Fingernägeln der anderen kurz über die Stelle, die nicht nur ihr lieferte, was sie von ihr wollte, sondern bei der auch das Mädchen ein ungeahntes Gefühl der Glückseligkeit erfahren würde.

Julie wusste, dass der Fremde sie fest im Griff hatte und ihr nicht gestatten würde, sich zu wehren. War der erste Kuss auf das zarte rosa Fleisch zwischen ihren Beinen noch sanft, so durchstießen ihre Zähne beim Zweiten sehr fordernd die leichte Barriere und vergruben sich gierig.

Der Geschmack ihres Blutes war süß, aber nicht vergleichbar mit dem, was sie heute schon hatte kosten dürfen.

Während sie das warme rote Lebenselixier ihrer Geliebten in sich aufnahm, verstummte das Flüstern der Eifersucht.

Julies Finger streichelte zärtlich über Ferdinands Hand, während sie weiterhin zwischen ihren Beinen kniete und der Körper des Mädchens sich in vollkommener Ekstase und einem letzten Moment eines Überlebenswillens aufbäumte, um dann leblos in sich zusammenzusacken.

Als seine Hand ihre umschloss, öffnete Julie ihre Augen, zog ihre Zähne aus dem Fleisch ihrer toten Geliebten und blickte blutverschmiert nach oben.

Da war es ihr klar, es waren nie die Gefühle des Mädchens, die sie so tief hatten fühlen lassen und an denen sie wirkliches Interesse gehabt hatte, sondern einzig an seinen.

Doch der feste Druck seiner anderen Hand in ihrem Nacken erinnerte Julie fast so deutlich an die Gefahr, die diese Situation auch für sie persönlich innehatte, wie das dunkle Glimmen von raubtierhafter Freude und Begierde in seinen Augen direkt vor ihr. Ihr war vollkommen bewusst, sie hatte keines ihrer normalen Spielzeuge vor sich. Niemand, den sie nach Belieben dafür nutzen konnte ihr das zu geben, was sie wollte.

Aber machte nicht genau dieser Umstand diesen besonderen Reiz aus? War es nicht genau das, was sie dazu gebracht hatte, einen Fremden überhaupt so dicht an sich zu lassen? Sich selbst und ihn der Gefahr einer solchen Begegnung auszusetzen?

Sie suchte das Monster, das ihn zu einem Vampir machte, in seinen Augen und spürte es auf ihren Lippen. Seine Zähne, verborgen hinter den weichen Momenten der Küsse, versprachen etwas, doch noch hielten sie es nicht. Jede seiner Berührungen hätte ihren früheren, sterblichen Körper aufs Äußerste erregt, ihn dazu gebracht zu erzittern, nein fast schon vor Lust zu erbeben. Nun hörte und spürte sie diese Art von Gefühlen nur noch von dem toten Mädchen vor sich.

Julie selbst fühlte hauptsächlich Gefahr und die Art von Begierde, die ihre Gattung verspürte, wenn sie in solch einer Zusammenkunft aufeinandertrafen. Doch sie musste sich eingestehen, in seiner Gegenwart spürte sie mehr. Es war nicht nur dieses Taxieren und Umkreisen von kaum gezähmten Raubtieren, denen vollkommen bewusst ist, dass ihr Gegenüber dieselbe Freude daran verspüren würde ihr Blut bis auf den letzten Tropfen in sich aufzunehmen, wenn nur ihre Gesetze oder ihre eigene Schwäche sie nicht daran hindern würden.

Sie wollte ihm nahe sein, nicht nur sein Blut schmecken, sondern auch die Berührung seine Finger und Küsse erleben. Mit ihm gemeinsam Opfer suchen, jagen und ihre Beute dann im langsamen Spiel erlegen. Doch musste Julie höllisch aufpassen, nicht seine Beute zu werden. Sich nicht selbst in der Wollust der Begierden zu sehr zu verlieren. Diese Position stand ihr einfach nicht.

„Habt Ihr den Schrei auch gehört?"

„Warum haben wir Sie nur so lange allein gelassen? Wir hätten es ahnen müssen."

Die Stimmen waren noch weit entfernt und doch konnten beide sie deutlich hören. Julie nahm sich eines der Messer, setze es an die Pulsadern des jungen Mädchens und schnitt sie auf. Blut hatte das Laken genug gesehen.

Während Ferdinand schon am Fuße des Fensters auf sie wartete, gab Julie ihrer toten Geliebten noch einen letzten Kuss, bevor sie ebenfalls in die Dunkelheit der Nacht verschwand.

WOLLUST

DAS BORDELL

Das Bordell

Der Raum war nur schwach beleuchtet. Eine einzige kleine Lampe in der hinteren Ecke strahlte ihr konfuses Licht gegen die Decke. Das war auch besser so. Sie wollte das Gesicht ihres Gegenübers eh nicht wirklich sehen, lieber nur seine Hände spüren, während sie über ihren Körper streichelten und sich langsam, aber zielstrebig über ihre Brüste hin zu ihrem Schoß vorarbeiteten.

„Lass dir aber nicht zu viel Zeit. Ich habe heute wirklich noch einiges anderes vor und will nicht den halben Tag hier verschwenden."

Der Angesprochene zuckte kurz zusammen. Seine Kundin war gerade erst vor ein paar Minuten hereingekommen und er hatte heute Vormittag schon zwei Frauen vor ihr bedient. Sein Körper war ausgelaugt. Wie gerne hätte er um eine Pause gebeten, doch wie sollte das gehen?

„Ich beeile mich. Aber es soll dir doch auch gefallen und dich glücklich machen."

Sie schnaubte nur kurz. „Natürlich soll es das. Dafür bezahle ich ja auch. Aber das heißt nicht, dass du dir ewig Zeit lassen kannst."

Ralf ließ die Finger seiner linken Hand um ihre Scham kreisen, während er mit der anderen Hand versuchte sich selbst zu motivieren ihn zum Stehen zu bekommen. Doch er spürte nur die Schlaffheit des Stückes seines Körpers, das ihn zu einem Mann machte.

Das Stück an seinem Körper, das ihn zu diesem Leben hier verdammt hatte. So sehr er sich auch bemühte, er wollte einfach nicht fest werden. Ralf wusste, wenn er es nicht hinbekommen würde, dann wären seine Tage hier wahrscheinlich gezählt.

„Bitte, ich kann es dir mit dem Mund machen! Glaub mir, es wird dir garantiert gefallen."

Seine Kundin schüttelte nur genervt den Kopf, während sie sich ihre Hose wieder anzog.

„Vergiss es. Dafür bin ich nicht hier."

Als die Tür ins Schloss fiel kamen Ralf die ersten Tränen. Jetzt war es klar: Das war schon das dritte Mal in dieser Woche, an dem er sein Pensum nicht erfüllte.

„Natürlich meine Liebe. Sie haben natürlich das Recht, sich kostenlos einen der anderen Männer auszusuchen. Jens aus Zimmer 57 hatte heute erst eine Kundin. Und er gilt als sehr standfest."

Während sie leicht beschwichtigend auf sie einsprach, zeigte die adrett gekleidete alte Dame der genervten Kundin das Bild des Mannes auf dem Bildschirm vor ihr.

„Da ich nicht ewig Zeit habe, nehme ich ihn. Aber ich hoffe das ich das nicht noch einmal erleben werde. Dieser Ralf aus Zimmer 87 geht gar nicht. Für was haben wir denn die Männer hier. Ich werde ihn bei den Bewertungen zerreißen."

Die Angesprochene nickte zögerlich zustimmend.

„Natürlich. Allerdings bitte ich zu bedenken, dass ein Mann nicht unbegrenzte Kapazitäten besitzt. Auch sein Körper und seine Standfestigkeit sind tagesformabhängig."

„Was interessiert mich das? Ich zahle und er hat zu liefern. Immerhin ist es nur ein Mann. Die können dankbar sein, dass sie einen solch einfachen Job haben und wir für alles andere sorgen. Und überhaupt: Dass wir sie überhaupt noch dulden, muss doch schon reichen."

„Natürlich. Aber ich möchte trotzdem darauf hinweisen, dass es auch für Männer manchmal schwer sein kann ihren Körper auf den Punkt zu bringen und das extrem schlechte Bewertungen nicht nur ärgerlich sind, sondern sie emotional beschäftigen und, unter gewissen Umständen, sogar für ihren Tod sorgen können. Ich möchte nur, dass sie das bei der späteren Bewertung bedenken."

Die junge Frau zuckte nur gelangweilt mit den Schultern.

„Was interessieren mich Männer. Es gibt eh zu viele von ihnen."

Während die Kundin zu den Aufzügen stolzierte, sah Marlene der jungen Frau nach. Sie war ungefähr dreißig Jahre alt, also erst nach der großen Neuorientierung oder wie sie es mittlerweile nannte, nach dem totalen Zusammenbruch, geboren worden und aufgewachsen. Diese Frauen hatten den Kollaps der alten Gesellschaft und das Chaos bei der Neuorientierung nicht mehr persönlich miterlebt. Sie kannten nur die Filme und Erzählungen. Für diese Frauen war der jetzige Zustand die einzige Normalität, die sie kannten. Doch Marlene mit ihren nun 78 Jahren kannte noch das davor und auch das währenddessen. Sie hatte vor weit über 50 Jahren alles miterleben müssen.

Sie sah sich das Bild des Mannes an, über den sich die Kundin gerade beschwert hatte. Geboren 2063, hier seit fast fünf Jahren. Davor vier Jahre im Jugendbordell Jugendliebe. Aufgezogen worden in Koppellast. Seine Bewertungen über Standfestigkeit und Dauer des Aktes waren mittelmäßig. Im Bezug Aufmerksamkeit und Einfühlsamkeit war er allerdings im oberen Bereich. Er war ein reiner Lustmann ohne spezielle sexuelle Fähigkeiten. Sterilisiert wurde er schon mit 14, als klar wurde, dass er gewisse genetische Eigenschaften besaß, die ihn als Reproduktionskandidaten ausschlossen. Was es genau war, stand hier nicht. Kurz war sie versucht sich einen detaillierteren Befund schicken zu lassen, entschied sich dann aber dagegen. Es war nicht wichtig.

Die vielen schlechten Bewertungen in den letzten Wochen machten ihr mehr Gedanken als seine genetischen Defizite. Mit der heutigen Kundin und ihrer ebenfalls garantiert schlechten Bewertung war er am Rand zur Aussortierung. Im Moment stand er am unteren Rand von Gelb. Sollte es wirklich auf Rot fallen, dann wären seine Tage hier gezählt. Und damit wäre er der Dritte in diesem Monat aus ihrem Etablissement. Solch eine Fluktuation war sie nicht gewohnt. Und zwei der Männer waren eigentlich auch noch viel zu jung dafür. Den letzten hatten sie abgeholt, bevor sie wirklich mitbekommen hatte, dass es schon so weit war. Doch diesmal wollte sie es nicht einfach so hinnehmen.

Kurz sah sie zur Rezeption. Ihre Mitarbeiterinnen hatten alles im Griff. Um diese Uhrzeit waren eh noch nicht wirklich viele Kundinnen hier. Die meisten kamen entweder kurz in ihrer Mittagspause vorbei oder gegen späten Abend. Meistens dann, wenn sich die Einsamkeit doch mehr bemerkbar machte, als die Frauen es zugeben wollten. Marlene stieg in den Aufzug und fuhr in den fünften Stock. Vor Zimmer 87 blieb sie kurz stehen und sah den Gang in beide Richtungen. Auf jedem Flur waren zwanzig Zimmer, zehn rechts und zehn links. Sie steckte ihre Universalkarte in den Türöffner und ging, ohne anzuklopfen hinein.

Ralf schreckte aus dem Sessel hoch und wischte sich die Tränen aus den Augen. Er hatte doch keine Termine in seinem Onlinekalender übersehen? Nein, garantiert nicht. Die unbefriedigte Kundin wäre ja eigentlich noch eine halbe Stunde da gewesen.

Und selbst wenn eine Kundin ihn kurzfristig gebucht hätte, dann hätte ein blinkendes Licht über der Tür das angezeigt. So was geschah zwar nicht sehr oft, aber wenn, dann hatte er zwei bis drei Minuten Zeit sich auf dem Bildschirm ihr Bild und ihren Namen anzusehen und sich kurz auf ihre Wünsche vorzubereiten, bevor sie herein kam.

Doch diesmal gab es keine Vorwarnung und keine Reservierungen. Die alte Dame stand plötzlich mitten in der Tür. Er hatte sie schon ein paar Mal gesehen. Sie leitete dieses Freudenhaus. Hatte seine letzte Kundin sich so übermäßig beschwert? Ralfs ganzer Körper spannte sich an und er stand sofort auf. Es wurde erzählt, dass man Männer, die ihre Arbeit nicht mehr erfüllen konnten, abholte und niemand sah sie je wieder. War er nun an der Reihe?

Marlene sah sich den Mann vor sich etwas genauer an. Er war rund einen Kopf größer als sie, hatte weiche, verweinte blaue Augen und aschblonde, kurze Haare. Sein Körperbau würde man eher athletisch als breit bezeichnen und seine Finger waren feingliedrig. Er war keine klassische Schönheit, aber auch nicht als unattraktiv zu bezeichnen. Natürlich war er das nicht. Wäre er es gewesen, dann hätte ihm diese Arbeit nicht offen gestanden. Denn auch wenn es in den Freudenhäusern die verschiedensten Typen von Männern gab, so mussten alle doch einem gewissen ästhetischen Standard entsprechen.

„Setz dich."

Ralf setzte sich auf den gemütlichen Sessel in der Ecke des spärlich eingerichteten Zimmers, stand aber sofort wieder auf, als er seinen Fehler bemerkte.

„Bitte."

Er zeigte auf den Sessel und ging die vier Schritte bis zu dem leicht gepolsterten Stuhl vor dem großen Frisierspiegel.

Marlene registrierte sein Benehmen und seine Blicke, setzte sich und betrachtete den Raum. Der hier war in einem warmen Beige gestrichen. Mit einem großen Bett an der Wand, dem Sessel und der Stehlampe gegenüber und dem obligatorischen Schminktisch neben dem winzigen Bad mit Dusche und Toilette. Bis auf gewisse Kleinigkeiten sahen diese Räume alle gleich aus.

Jedenfalls in ihrem Freudenhaus. Das einzige besondere in den Räumen auf dieser Etage waren nur die Spiegeldecken. Es gab natürlich auch andere Etablissements, in denen eher außergewöhnliche und spezielle Wünsche von Frauen erfüllt wurden. Dort war die Einrichtung genau diesen Wünschen angepasst. Aber für Marlene war es so am angenehmsten. Nicht zu heimelig und nicht zu steril.

„Ich hatte gerade eine sehr deutliche Beschwerde über deine Fähigkeiten. Und das war nicht die Erste innerhalb der letzten Wochen. So geht das nicht."

Ralf sah ängstlich zum Bett und dann wieder zu der alten Frau hinüber. Er hatte damit gerechnet, dass dieser Moment kommen würde, wusste aber trotzdem nicht, was er sagen sollte. Er wusste nicht, wie er es erklären konnte. Seit er mit vierzehn in das erste Jugendbordell kam, hatte er gelernt, die Wünsche seiner Kundinnen zu erfüllen. Sie zu befriedigen fiel ihm meistens leicht. Sein Körper wollte sie und er selbst zog ebenfalls einiges an Lust aus den Begegnungen.

Aber schon nach einiger Zeit verfiel er in eine gewisse Lethargie. Die Mädchen kamen, nutzen seine Dienste und gingen wieder. Wie oft wünschte er sich, einmal nicht nur zur Befriedigung ihrer Gelüste zu dienen. Doch das war natürlich nur ein reiner Wunschtraum. Denn seit er denken konnte, gab es nur eine klare Aussage, die für Männer galt: „Männer sind nicht für ein gesellschaftliches Leben geschaffen und aufgrund ihrer Genetik müssen sie, neben ihrer Medikamenten-einnahme, dauerhaften und strikten Regeln unterworfen werden." Daher durften sich nur Frauen außerhalb ihrer zugewiesenen Räume aufhalten, Männer natürlich nicht. Und ein Zusammenleben der beiden Teilspezies war absolut untersagt!

Aber wo war dieser genetische Unterschied, der ihn von allem ausschloss, was Frauen tun durften? Wenn man einmal von den primären und sekundären Geschlechtsorganen absah, existierte dort nichts. Einmal hatte er versucht mit Thorsten, dem Ältesten seiner kleinen Wohngruppe, darüber zu reden, doch nach den ersten Sätzen hatte der ihn sofort gestoppt.

„Lass es! Nimm deine Tabletten und akzeptiere einfach, wie es ist. Sei den Frauen dankbar, dass sie uns versorgen und dulden. Solche Reden führen zu nichts und können dich ganz schnell von hier wegbringen."

Die anderen beiden Männer hatten ihn nur verständnislos angesehen und dann wieder auf die Fernseher gestarrt.

„Hörst du mir überhaupt zu?"

Ralf schreckte aus seinen Gedanken hoch.

„Entschuldigen Sie bitte vielmals! Ich war abgelenkt."

„Das habe ich bemerkt."

Marlene sah ihn an. Eigentlich war er nur einer von unglaublich vielen jungen und manchmal auch schon älteren Männern, die seit vielen Jahren in ihrem Etablissement ihren Dienst verrichteten, und doch hatte sie ihn schon die letzten Monate bemerkt. Seine Bewertungen in den Punkten Einfühlsamkeit und Aufmerksamkeit waren außergewöhnlich.

Vor einigen Jahren hätte sie wahrscheinlich noch anders gehandelt, säße nicht hier, um sich mit ihm zu unterhalten. Sie strich gedanklich das „wahrscheinlich".

Aber das war früher. Vielleicht war es ihr Alter und die daraus resultierende Gewissheit, dass sie eine der letzten Frauen war, die es noch anders kannten. Die noch aus einer Zeit stammte, bevor die Welt zu dem wurde, was sie jetzt war. Vielleicht war es aber auch, weil die Kälte und die Empathielosigkeit der Frau vorhin sie einmal zu oft an dem hatte zweifeln lassen, was damals vor über 50 Jahren seinen Abschluss fand.

Es musste einfach einen, wenn wahrscheinlich auch sehr steinigen Weg, hinaus geben.

„Ich sagte: dass sich eine weitere Frau über deine Fähigkeiten sie zu befriedigen, beschwert hat. Und dass es in den letzten Wochen schon des Öfteren der Fall war."

Ralf nickte ängstlich.

„Solch einen Umstand können wir nicht einfach so hinnehmen. Deine Aufgabe, um ein Teil dieser Welt zu sein, ist, Frauen ihre sexuellen Wünsche zu erfüllen und ihnen die Zeit, in der sie sich hier aufhalten dienlich zu sein. Es gibt viele andere Männer, die alles tun würden, um diese Stellung zu erhalten."

Wieder nickte Ralf ergeben. Er wusste, welche Aufgabe sein Leben beinhaltete. Schon mit dreizehn wurde beschlossen, dass es das Freudenhaus sein würde. Seine rhetorischen Fähigkeiten und Begabungen waren nicht ausgeprägt genug, um eine Bestimmung als Unterhalter oder eine, der überaus begehrten, Sonderrollen zugeteilt zu bekommen. Aber zum Glück war er hübsch genug, um hier her zu kommen und nicht in die Minen oder Fabriken geschickt zu werden. Er sah Marlene weiterhin aufmerksam an.

„Allerdings muss ich nun sehen, dass du deine Aufgabe nicht mehr anständig erfüllst, und das bringt mich in eine schwierige Situation.“

Marlene überlegte kurz, warum sie das gesagt hatte. Die Situation war eigentlich recht einfach: Ein Mann, der seine Aufgaben nicht mehr erfüllen konnte, war der Gesellschaft nicht mehr nützlich. Sie wusste genau, was sie mit diesen Männern zu tun hatte. Die neuen Gesetze besagten das sehr klar. Doch, auch wenn sie damals eine Befürworterin der neuen Ordnung gewesen war, hatte das, was daraus geworden war, nichts mehr mit den eigentlichen Zielen zu tun. Marlene versuchte, die Gedanken abzuschütteln.

„Ja, ich habe mehrfach versagt. Aber ich habe versucht es mit meinen Fingern, der Zunge oder anderen Hilfsmitteln hinzubekommen. Vielen Frauen reicht das auch. Manchmal, wenn schon ein paar Kundinnen da waren oder wenn ich nicht richtig schlafen konnte, dann will er einfach nicht so wirklich.“

„Ich benötige keine Ausreden. Mir ist es egal, was du für Gründe hast. Ich sehe nur die Ergebnisse. Und für das Andere gibt es Pillen.“

„Das sind keine Ausreden. Aber in den letzten Monaten waren es viele Kundinnen. Und ich hatte schon lange keine Pause mehr.“

„Bist du denn der Meinung, dass du nach einer gewissen Auszeit wieder eine Quote von mind. 98% erreichen wirst?“

Ralf nickte zustimmend. Vielleicht etwas zu zustimmend und zu schnell, aber er wünschte es sich so sehr. Marlene dachte kurz nach. Wenn die letzte Kundin wirklich eine deutlich negative Bewertung abgab, wäre es wahrscheinlich nicht mal mehr eine Option, ihn jetzt für ein paar Tage freizustellen. Er würde abgeholt und in die Lager zurückgebracht werden. Dann hätte er nur noch den Weg der harten körperlichen Arbeit offen. Das hielten wenige Männer längere Zeit durch, vor allem die nicht, deren Körper nicht dafür geschaffen war.

Marlene wollte den Gedanken nicht zu Ende bringen. Sie wusste, was dann geschah. Es gab in dieser Gesellschaft keinen Platz für unnötige männliche Menschen.

Ralf sah der alten Frau ins Gesicht. Sie wirkte so nachdenklich. Die Frauen, die hier her kamen, waren um vieles jünger und selten wirkten sie nachdenklich. Sie kamen, ließen sich bedienen und gingen dann wieder. Ab und an lagen sie natürlich auch mal in seinem Arm und schmiegten sich an ihn. Er liebte diese Momente, kamen sie doch eher selten vor. Ralf fragte sich, was in dem Kopf der alten Frau vor sich ging und bevor er wirklich realisierte, was er tat, hörte er sich plötzlich fragen: „Was passiert wirklich mit mir, wenn ich die Quote nicht erreiche?“

Marlene sah nach oben. „Du wirst ins Lager zurück gebracht und dort wird dann geschaut, welche Aufgabe dir noch offen steht, um deinen Dienst für diese Gesellschaft zu erfüllen.“ Diese Aussage klang so einstudiert, wie sie einstudiert war.

Ralf überlegte kurz, bevor er weiter fragte: „Aber es gibt doch nur die drei Wege: Gesellschafter, Lustmann oder Arbeiter. Und natürlich bei den Lustmännern noch die Unterscheidung in Erschaffer und reiner Lustmann. Wieso stehen Männern nur diese drei Wege offen und Frauen haben so unglaublich viele Möglichkeiten? Und wieso dürfen Frauen sich außerhalb ihrer Räumlichkeiten bewegen? Wieso können Frauen selbst entscheiden, was sie anziehen oder essen wollen?"

Ralf redete viel zu schnell und unkoordiniert.

Ihm war klar, dass eine solche Rede allein schon seine Wegschaffung ins Lager bedeuten konnte. Aber seit diese Gedanken das erste Mal aufgekommen waren, ließen Sie sich einfach nicht mehr vollkommen unterdrücken. Damals, als er noch jung war, hatte er im Lager schon etwas ähnliches gehört. Ein paar ältere, komplett zerschundene Männer, hatten dort Gleichheit gefordert. Sie hatten gefordert, dass sie sich nicht zu Tode schuften wollten und selbst entscheiden durften, was sie tun wollten. Sie wurden gepackt und weggebracht. Er hatte nie einen davon wieder gesehen.

Damals war er erst elf Jahre alt und hatte noch nicht wirklich verstanden, um was es ging. Jetzt verstand er es. Panisch sah er zu Marlene. Denn auch wenn er keine Ahnung hatte, warum, er fühlte sich zu der alten Frau hingezogen. Nicht körperlich oder sexuell, sondern geistig. Es erschien ihm, als ob sie ihm Wahrheiten offenbaren konnte, die er sonst niemals erhalten würde. Er hoffte nur, dass seine Gefühle ihn nicht betrogen.

Marlene spannte sich kurz an. Selbst als Frau musste sie aufpassen solche Reden mit einem Mann zu führen. Wobei sie mittlerweile ein Alter und einen Status erreicht hatte, bei dem es ihr recht egal war und kaum eine der anderen Frauen wagte es, ihr zu widersprechen. Und zusätzlich war das hier ihr Gebäude. Hier entschied erst einmal sie und dann erst das Tribunal.

„Was hast du im Unterricht gelernt? Und ich meine jetzt nicht die Grundrechenarten oder lesen und schreiben. Sondern was hat man dir im Unterricht zu der Teilung zwischen Mann und Frau gesagt." Sie stockte kurz. „Du hast doch lesen und schreiben gelernt?"

Ralf nickte zustimmend. „Ja, da ich die Fähigkeiten zu etwas anderem als reiner körperlicher Arbeit gezeigt habe, durfte ich lesen und schreiben lernen. Aber um auf eure Frage zurückzukommen: Ich habe gelernt, dass 2028 das Jahr der Neuorientierung stattgefunden hat.

Das traurigste und zugleich herausragendste Jahr der ganzen Menschheitsgeschichte. In diesem besonderen Jahr Null - der endgültigen Herrschaft des Verstandes über den Körper -, haben die Frauen ihre großartigen Fähigkeiten bewiesen und der Welt Frieden gebracht!"

Ralf wiederholte die indoktrinierten Worte mit der passenden Überzeugung.

„Sie haben die Vernichtung der Welt buchstäblich in letzter Sekunde aufgehalten. Männer waren dabei den ganzen Planeten in einem verheerenden Ball aus Feuer brennen zu lassen, nur um ihre männliche Attitüde auszuleben sich wie echte Männer zu fühlen. Auch wenn ich keine Ahnung habe, was das sein soll: Sich wie echte Männer fühlen? Man kann doch gar kein „falscher" Mann sein?"

Ralf wirkte kurz irritiert, bevor er weitersprach.

„Frauen haben die korrupten und vollkommen verblendeten Männer und ihre ständigen Kriege gestoppt. Doch sie konnten sie nicht mehr retten! Die Männer waren schon so wahnsinnig geworden, dass sie sich gegenseitig ausrotten wollten. Ich habe die Filme gesehen. Ich habe gesehen, wie Männer sich gegenseitig erschossen, erdolcht und auf alle anderen möglichen Arten getötet haben. Und natürlich auch die Nachstellungen und Zeitaufnahmen der letzten Wochen der alten Welt.

Am eindringlichsten ist mir der Moment kurz vor der endgültigen Ausrottung der genetischen Teilspezies Mann in Erinnerung geblieben. Wie plötzlich und ohne jeden Grund Männer zu Tausenden auf den Straßen zusammengebrochen und auf dem Boden liegend Blut erbrochen haben.

Und das alles nur, weil Frauen keine andere Möglichkeit mehr gesehen hatten diese Welt, die Zukunft und sich selbst zu retten. Weil sie eine endgültige Lösung erschaffen mussten.

Wie dann die letzten überlebenden Männer beschützt und zusammen mit den wenigen männlichen Babys, die danach gesund und lebend geboren wurden, sofort in Sicherheit in die abgeschiedenen Lager gebracht wurden.

Das alles natürlich nur, damit sichergestellt wurde, dass diese Seuche auch wirklich endete und nicht wieder ausbrach.

Denn nur, wenn man die letzten männlichen Überlebenden beschütze und nicht mehr zu den Frauen ließ, konnte man ein kontrolliertes weiteres Fortbestehen der Menschheit gewährleisten."

Marlene musste sich beherrschen nicht wütend zu werden. Diese ganzen Propagandafilme und Geschichtsschreibungen waren zwar zum Teil wahr und doch auch so falsch. Aber sie erfüllten ihren Zweck, wenn man sich nicht die Mühe machen wollte, die wirkliche Komplexität dahinter zu betrachten.

Sie hatte es damals alles mitbekommen. Sie hatte am eigenen Leib erfahren, wie Männer die letzten Jahrzehnte vor dem Tag Null immer wieder mehr begannen über sie und ihre Schwestern zu bestimmen.

Die Rechte, die ihre Urgroßmütter so hart erstritten hatten, wieder einzuschränken. Erneut einen Keil zwischen die Gleichberechtigung von Mann und Frau zu treiben. Wie Gesetze zu Schwangerschaftsabbrüchen erlassen wurden. Wie Gewalt und sogar Tötungsdelikte gegen Frauen überall ins Unermessliche stiegen.

Wie Religionen ihre verlogenen Deckungen verließen und immer deutlicher predigten, dass Frauen sich vor Gott und dem Angesicht der Männer zu verstecken hatten. Wie genau diese verblendeten Männer alles daran setzen, Frauen in allen Belangen ihres Lebens einzuschränken und zu kontrollieren.

Und dann diese unerträglichen mannigfaltigen verlogenen Versuche einer Rechtfertigung. Aber auch wenn aufgeklärte Menschen es wirklich hätten besser wissen müssen: ließen sie sich immer schlimmer belügen und verraten. Denn nur so konnten Männer ihre Macht ausüben. Sich wichtig fühlen. Und sie gaben nicht einmal auf, als es nicht einmal mehr für auch den Ignorantesten zu leugnen war.

Nein, sie zettelten in ihrer übertriebenen Vorstellung von Männlichkeit und Macht, wie auch immer sie jemals zu dieser dämlichen Vorstellung eines solchen Männerbildes gekommen waren, immer mehr Kriege an. Kriege in denen es um nichts anderes ging, als um bloße kindische Vergleiche ihrer Geschlechtsorgane. Ein billiges: Wer hatte den Größeren. Wer die größere Armee. Wer die besseren Hacker oder was auch immer.

In einer Welt, in der es endlich hätte möglich sein müssen Frieden zu erschaffen und die Ressourcen auf die Heilung dieser Erde zu setzen, wollten diese dummen Männer nichts weiter als sich, wie kleine unwissende Kinder auf dem Schulhof, prügeln. Und was taten einige der Frauen? Sie unterstützen diese Egomanen noch in ihren unzumutbaren Verhaltensweisen. Sie hätten sie stoppen müssen. Was versprachen sie sich davon?

Und als sie nicht mehr weiterwussten, da kam irgendjemand auf die absolut traurige, aber auch einzig noch mögliche Idee: die komplette Auslöschung des Mannes.

Marlene beruhigte sich wieder. Vielleicht war es doch richtig, wie es war. Nein, es war genauso falsch, wie das davor. Sie schüttelte ihre Gedanken ab und sah ihr Gegenüber aufmerksam an. „Und was denkst du darüber? War es richtig die Männer endgültig zu separieren?“

Ralf überlegte eine Zeit lang. Noch nie hatte jemand ihn gefragt, was er über irgendwas Wichtiges dachte.

Natürlich hatte er immer wieder mal darüber nachgedacht. Aber was brachte es schon, wenn man eh mit niemandem darüber reden durfte. Zögerlich versuchte er, passende Worte zu finden.

„Als ich noch im Lager gelebt habe, hatte nie, nicht mal in der schlimmsten Zeit, das Bedürfnis jemand anderem etwas anzutun. Weder Frau noch Mann. Und, bis auf zwei Männer aus meinem Block, gab es bei uns auch nie körperliche Auseinandersetzungen. Ich verstehe, dass wir damals abgetrennt werden mussten, um das Überleben der Spezies Mensch zu sichern. Aber diese Krankheit, die hauptsächlich nur uns Männer befallen hatte, ist ja ausgerottet. Denke ich zumindest.

Und bisher haben die Männer nicht mehr versucht sich gegenseitig zu töten. Daher verstehe ich nicht, warum Frauen einfach so draußen herumlaufen dürfen. Warum sie alles anziehen können was sie wollen und jedem Beruf oder Hobby nachgehen können und wir nicht.

Die Männer von damals sind schon lange tot. Ihre Vorstellungen sind mit ihnen gestorben. Und jedes Baby, sofern es männlich ist, wird doch getestet. Und scheinbar ist es ja in den letzten Jahren nicht mehr vorgekommen, dass gefährliche Babys geboren wurden."

Marlene schüttelte unmerklich den Kopf. Natürlich wurden weiterhin viele männliche Babys mit genetischen Anomalien geboren. Manche trugen auch noch die Veranlagung für die Seuche oder andere fehlerhafte Gene. Weil diese männlichen Babys aber nicht einmal für Organspenden gut waren, wurden sie sofort nach den jeweiligen Tests aussortiert. Sie wurden also höchstens zwei Monate alt.

„Glaubst du, dass es gut wäre, wenn Männer und Frauen gemeinsam auf dieser Welt leben würden? Wenn Männer dieselben Rechte hätten wie Frauen?“

Ralf blickte Marlen entgeistert an. Er hatte das Gefühl nicht antworten zu sollen, aber er konnte auch nicht einfach ihre Frage ignorieren.

„Ich denke, dass jeder seine Stärken und Schwächen hat. Und dass Männer wohl eher die körperlichen Sachen machen sollten und Frauen die geistigen. Ich glaube, dass sich die jeweiligen Stärken und Schwächen ausgleichen könnten. Wobei, ich hatte hier schon Frauen, die definitiv stärker waren als ich.“

Ralf dachte wieder einen Moment nach, bevor er weitersprach: „Also: Nachdem was ich alles gehört und gelernt habe, kann ich verstehen, warum Männer eine Gefahr für die Welt dargestellt haben. Aber nur, weil es solche Personen unter den Männern gibt, sollte das Frauen nicht das Recht geben uns alle gleichzusetzen! Wir sind nicht alle gleich. Auch wir sind unterschiedlich. … .“

Marlene unterbrach ihn. „Doch, die Vergangenheit gibt uns das Recht! Denn nur euer eigenes Benehmen und euer Hochmut haben euch an den jetzigen Punkt gebracht. Seit ihr keine Rolle mehr spielt, nutzen wir die Ressourcen der Erde, um diese Welt zu einem Ort zu machen, an dem wir und unsere Kindeskinder in Frieden und zukunftsorientiert leben können. Nicht mehr für Kriege. Es gibt so gut wie keine ungerechtfertigte Unterdrückung ganzer Bevölkerungsgruppen mehr."

Marlene redete etwas zu laut und zu schnell. Unwillkürlich wurde sie in ihre Jugend versetzt. Sie sah ihre ältere Schwester, sah ihr blaues Auge und die Platzwunde am Kinn. Hörte ihre verweinten und beschwichtigen Worte. Doch ihr Vater wollte nicht hören. Wie dieses kleine zarte Mädchen sich zwischen ihn und ihre Schwester stellte. Wie er sie einfach zur Seite wischte und dann ...

Ralf stand auf, als wollte er etwas erwidern. Das Piepsen des Tablets ließ beide auf den kleinen Beistelltisch schauen.

Die eben noch gelbe Bewertungsleiste wechselte auf Rot. Marlene starrte sie an. Sie hatte die Zeit vergessen, vergessen, die Bewertungsfunktion einzuschränken. Kurz dachte sie nach, bevor sie sich erhob.

„Deine Zeit ist abgelaufen."

Ralf starrte sie entgeistert an. Seine Handknöchel wurden weiß und seine Stimme wirkte gebrochen.

„Ihr mögt bestimmt recht haben. Und doch seid ihr nicht besser. Denn es stimmt nicht, dass es keine ungerechtfertigte Unterdrückung mehr gibt. Ihr habt nämlich nichts wirklich geändert! Ihr habt nur die Parteien ausgewechselt! Ich habe nichts falsch gemacht. Niemandem etwas getan."

Sie nickte. Es gab nichts mehr zu klären, keine Möglichkeit das Unvermeidliche zu ändern.

„Sie werden bald hier sein. Du solltest vorher deinen Frieden machen. Nur so hast du die Möglichkeit, endlich einmal selbstbestimmt zu sein."

Sie legte die mitgebrachte Kapsel auf den Beistelltisch und verließ den Raum.

HOCHMUT

Der Transport

Der Transport

Es herrschte Dunkelheit um sie herum. Nur ein paar schwache Sonnenstrahlen schafften es durch die verdreckten und mit Spinnweben bedeckten schmalen Lüftungsschlitze weit oberhalb der Köpfe und damit außerhalb ihrer Reichweite. Frische Luft schaffte es kaum bis zur Hälfte des Raums.

Sie standen dichtgedrängt beieinander und hatten kaum eine Möglichkeit sich rudimentär zu bewegen. Der kahle Boden stank unerträglich nach Urin und Exkrementen. Aber was sollte man auch tun, wenn man keine Möglichkeit besaß, seinen natürlichen Bedürfnissen irgendwo anders als an Ort und Stelle nachzukommen? Wenn man irgendwann nicht mehr in der Lage war, sie bei sich zu behalten? Niemand kam, um diese Hinterlassenschaften zu entfernen.

Sie wussten nicht mehr, wie lange sie schon hier in der Dunkelheit standen. Sie spürten die Bewegung ihres Untergrundes und immer, wenn das Fahrzeug bremste oder anfuhr, wurden sie noch enger aneinandergedrückt. Jedes Mal, wenn er länger an einer Stelle verweilte, hofften sie, dass sich die Tür öffnen und man sie befreien würde, doch meistens stopften sie einfach nur einen Neuen hinzu. Das allgemeine Stöhnen und verhohlene Wehklagen nahm in diesen Momenten an Intensität zu. Es war doch jetzt schon zu eng und stickig hier.

In diesen Momenten gab es sogar Versuche, die Peiniger um Hilfe zu bitten, doch es schien niemanden auch nur im Geringsten zu interessieren. Nein, sie stießen sie sogar mit Stöcken und Elektroschockgeräten noch dichter zusammen.

„Was meint ihr wie lange wir hier noch durchhalten müssen?“ Die Stimme war weich, ängstlich und klang älter.

„Ich weiß es nicht. Aber ich kann nicht mehr. Mir tun die Beine weh und ich bekomme kaum mehr Luft.“

Sie konnte den Antwortenden nicht sehen, aber er klang noch nicht sehr alt.

„Ich bin schon von Anfang an hier. Und ich habe Angst.“ Die Stimme war leise und kam aus der Richtung ihres Kopfes. „Wir haben alle Angst!“ Die Stimme kam von der anderen Seite. Viele stimmten der Aussage murmelnd zu.

„Wann machen sie den Ausgang wieder auf? Wann geben sie uns was zu trinken und wann füttern sie uns?“

„Wie würdest du denn fressen oder trinken wollen? Ich kann nicht mal meinen Kopf nach unten nehmen. Nein, wir müssen hier raus.“

„Meint ihr sie lassen uns bald raus?“

„Warum erlauben wir ihnen, das zu entscheiden? Warum wehren wir uns nicht? Warum versuchen wir nicht alle beim nächsten Mal, wenn sie die Tür öffnen nach draußen zu kommen? Oder wir drücken so lange dagegen, bis es aufgeht. Das habe ich schon mal gemacht und es auch geschafft.“

„Weil sie uns dann wieder schlagen und mit diesen spitzen Dingern traktieren. Wie beim vorletzten Mal, als wir aus Versehen dachten, wir könnten ein wenig nach hinten rutschen.“

„Wenn wir es alle gemeinsam machen, dann können sie nicht alle erwischen. Sie sind weniger als wir. Viel weniger." Die Stimme klang mutig und doch verwirrt. „Auf der Wiese bin ich vor ein paar Tagen auch gegen eine der Barrieren gerannt und habe sie dabei kaputt gemacht. Das war gar nicht mit Absicht.

Ich bin zu meinen Freunden gerannt. Doch da war dieses Ding dazwischen. Da waren sie unglaublich wütend und kurz darauf haben sie mich von der Wiese geholt. Und jetzt? Jetzt bin ich hier." Man konnte die Angst in der Stimme des Antwortenden deutlich spüren.

„Mich haben sie einfach von meinem Baby weggezerrt. Ich dachte, mein kleiner Liebling würde mir folgen, doch als ich mich umdrehte, war er verschwunden. Ich hörte ihn noch schreien, doch bevor ich verstand, was los war, haben sie mich hier rein getrieben. Ich habe versucht mich zu wehren, aber der Schlag hat mich kurz nach vorne springen lassen." Die tränenerstickte Stimme war kaum zu vernehmen und doch hatte es jeder gehört.

„Bei mir war es auch fast so. Sie trugen mein Baby weg und als ich hinterher wollte haben sie mich mit diesen Stöcken hier rein getrieben. Ich dachte wirklich, mein Baby wäre auch hier und sie würden uns vielleicht an einen anderen, einen besseren Ort bringen."

„Ich bin mit drei anderen, die glaub ich, auch hier sind, über eine Wiese gelaufen. Wir waren schon sehr lange dort. Es war ein schöner Ort, mit Bäumen und einem kleinen Bach. Jeden Tag kamen welche von denen, um sich mit uns zu beschäftigen, aber irgendwann wollten die müden Knochen nicht mehr so.

Als wir nicht mehr so schnell reagierten, nicht mehr so schnell laufen konnten, nicht mehr so gut hörten, kamen weitere von uns dazu. Sie waren jung und voller Lebensfreude. Das war schön. Wir haben ihnen alles beigebracht was es zu wissen gibt. Das ist jetzt ein paar Wochen her und ich denke vielleicht sollen wir nun auf eine andere Wiese, um den Jungen dort das Feld zu überlassen. Wir sollten einfach warten, bis wir dort sind."

Einige nickten dem Sprechenden zu.

„Ja, wir sollten einfach warten, bis wir an der grünen Wiese angekommen sind. Dann wird alles wieder gut."

Kurz hingen alle ihren Gedanken nach.

„Was ist eine Wiese?" Die Stimme klang alt und müde.

„Ja, was ist das: eine Wiese? Und was sind Bäume?" Die weitere Frage kam aus dem hinteren Teil.

„Ein Ort an dem man weiches Gras unter den Füßen spürt und die Wärme der Sonne von oben. Morgens ist es dort meistens feucht. Das Gras schmeckt dann am besten. Man kann sich überall wälzen und diese lästigen Mücken loswerden, einfach nur kratzen oder Spaß haben. Man kann rennen, rumliegen oder auch den ganzen Tag fressen. Das Gras wächst immer von allein wieder nach und daher leidet man, außer wenn es kalt wird und der Schnee fällt, nie wirklich Hunger. Dort kann man mit den anderen um die Wette laufen oder sich, wenn einem zu heiß wird unter dem schattenspendenden Blätterdach der Bäume ausruhen. Im Winter stellt man sich in den Unterstand und frisst trockenes Gras. Es gibt immer frisches Wasser aus dem

Bach oder aus einem großen Behälter und einen Stein aus Salz. Ein wahrhaft schöner Ort. Warum wisst ihr nicht was das ist? Dort leben doch alle von uns?"

„Das klingt wunderschön. Und du meinst, sie haben uns hier eingesperrt und geschlagen, um uns an solch einen Ort zu bringen?"

„Es muss so sein! Warum sonst? Wo sollten sie uns denn sonst hinbringen?"

„Ich habe noch nie eine, wie du sie nennst, Wiese gesehen. Nachdem meine Mama verschwunden war, stand ich in einem kleinen Pferch auf trockenem hartem Boden, es war kaum größer als ich selbst. Um mich herum war etwas das höher war als ich schauen konnte und mir den Weg versperrt hat und ich war ganz allein.

Als ich älter wurde, haben sie mich in einen großen Raum gebracht. Dort hab ich die anderen wieder gesehen, doch ich kam nicht an sie heran. Sie haben mich so sehr festgebunden, dass wir nicht mal unsere Köpfe weit genug strecken konnten, um uns zu berühren. Ich hatte mich so sehr danach gesehnt meine Freunde zu berühren. Dann haben sie mir meine Babys weggenommen. Nur zu meinem Besten wie sie sagten.

Jeden Tag schlossen sie mich zweimal an diese Apparate an. Danach fühlte ich mich immer leer. Und irgendwann war es nur noch einmal am Tag und seit kurzem gar nicht mehr. Ich dachte endlich hätte ich meine Ruhe. Aber vielleicht hast du ja recht und nun darf ich auch endlich auf solch eine Wiese. Das klingt schön."

Viele nickten und für einen kurzen Moment vergaßen sie sogar diese beängstigende Enge, ihren Durst, den unerträglichen Gestank und die fehlenden Lichtstrahlen.

„Und was soll ich dort tun? Mein Bein ist gebrochen. Ich werde nicht mehr herumrennen können oder mich wälzen." Die Stimme klang schwach und brüchig.

„Ja, bei mir ist heute auch eines meiner Beine gebrochen, als ich gegen die Wand trat, um mich zu wehren, während sie mich von meiner Schwester weg-holen wollten. Macht so eine Wiese das wieder heil?" Die Stimme klang jung und doch voller bitterer Traurigkeit.

„Sie werden euch bestimmt helfen. Niemand war krank auf der Wiese. Und wenn doch, dann brachte man sie fort auf eine andere Wiese", antwortete ihm der Angesprochene.

Einen Moment starrte der Alte in die Höhe und hoffte, einen Sonnenstrahl zu erhaschen.

„Ach hör doch auf mit diesen Lügen! Niemand wird ihm helfen. Niemand wird uns allen helfen. Sie wollen und brauchen uns einfach nicht mehr. Hört ihr euch selbst zu? Ihr alle habt keinen Nutzen mehr. Wir sind hier, weil sie uns loswerden wollen!" Die junge kräftige Stimme kam von hinten an der Tür.

„Ich weiß nicht, was eine Wiese ist oder was sie mit unseren Kindern machen, aber immer, wenn einer verschwindet kommt er nie wieder und plötzlich steht ein Neuer an seinem Platz. Sie tauschen uns einfach aus. Habt ihr schon einmal Jemanden wiedergesehen, der krank war und weggebracht wurde?"

Alle dachten nach, doch keiner antwortet ihm. Keinem fiel ein Beispiel ein.

„Seht ihr! Ich sage euch: Wir sollten alle zusammen weglaufen, sobald sie die Tür das nächste Mal öffnen. Wir sind stärker als sie. Sie können uns nicht aufhalten."

Zwei, drei nickten zustimmend.

„Aber wenn wir sie angreifen, dann schlagen sie uns. Vielleicht würden wir sie sogar verletzen und ich möchte niemanden verletzen.

Und was, wenn sie dann vielleicht böse auf uns sind und uns nicht auf diese Wiese lassen? Nein, wir sollten einfach warten und darauf hoffen, dass alles gut wird. Vielleicht sind ja auch meine Kinder dort und ich kann sie wieder sehen. Vielleicht habe ich meine Schuldigkeit nun erfüllt und werde jetzt belohnt." Die alte Mutter versuchte, tapfer zu klingen.

„Niemand wird dort sein, falls es dieses Dort überhaupt gibt. Wir sollten endlich aufwachen und versuchen, diesem Ort hier zu entkommen. Denn das hier ist die Realität. Dieser Dreck, der Durst und dieser düstere Ort der Trostlosigkeit", die Stimme klang kämpferisch und doch so voller Schmerz.

Manche der Anwesenden versuchten sich vorzustellen, wie sie es schaffen sollten, hier herauszukommen.

„Wir könnten alle auf einmal in Richtung des Ausgangs drücken. Also sobald sie ihn öffnen. Wir sind stärker und größer als sie." Die junge Stimme kam von recht weit vorne.

„Ja, das könnten wir. Aber dann werden sich vielleicht welche von uns verletzen. Dieser Ausgang ist nicht sehr breit. Und was, wenn wir welche von ihnen verletzen? Ich möchte wirklich niemanden verletzen. Das ist nichts, was ich mag."

„Wir sollten einfach warten, bis sie uns rauslassen."

„Ihr seid so dumm! Wir müssen was unternehmen."

„Dann mache es doch allein!"

„Nur wenn wir alle mitmachen, haben wir eine Chance. Wie soll ich es denn hier in der Mitte allein schaffen? Tretet gegen die Begrenzung, dann werden sie schon kommen. Dann werden sie die Tür öffnen und wir können entkommen."

„Ich kann nicht mitmachen, ich kann kaum mehr stehen. Mein Bein tut so unglaublich weh und ich habe keine Kraft mehr es hochzuhalten. Ich hab das Gefühl, ich verbrenne. Ich würde mich so gerne hinlegen. Vielleicht hätte ich dann weniger Schmerzen."

„Wir haben nicht genug Platz."

„Aber ich kann nicht mehr lange stehen."

„Wir können auch nicht mehr, aber das ändert nichts."

„Tretet gegen die Wand!"

Manche, die am Rand standen versuchten der Aufforderung zu folgen. Doch sie konnten kaum ihre Beine heben, um genug Wucht zu erschaffen.

„Hört auf damit. Was wenn sie böse werden?"

„Macht weiter!"

Einige machten weiter, doch die Tür öffnete sich nicht. Kurze Zeit später gaben sie es auf und verfielen in eine, durch Sauerstoffmangel hervorgerufene Lethargie. Sie hingen ihren Gedanken nach und versuchten den Gestank, die drückende Enge und die stickige Luft irgendwie zu ertragen. Die Zeit verging und irgendwann hörte dieser Kasten auf, sich zu bewegen.

„Ich habe Durst. Ich habe solch einen Durst. Meint ihr wir bekommen endlich etwas zu trinken?“

„Ich verdurste auch bald.“

„Ja, ich auch.“

Fast alle stimmten zu. Ihre Zungen hingen schon aus den Mündern und selbst die Möglichkeit, den eigenen Speichel noch zu schlucken, versiegte zusehends.

„Ich sagte euch doch: wir müssen hier raus.“

„Sei still! Wahrscheinlich haben wir es nur deinen Reden und diesem sinnlosen Getrete zu verdanken, dass sie nun den Ausgang nicht mehr öffnen.“

„Bitte! Wir brauchen Wasser!“ Die alte Stimme brüllte so laut sie noch konnte.

„Ja. Wasser!“

Fast alle Anwesenden schlossen sich ihr an und riefen mit allen Kräften, zu denen sie noch in der Lage waren.

„Wir werden euch auch nicht treten oder versuchen zu fliehen. Wir wollen nur Wasser.“

Doch niemand kam.

„Wir verdursten hier.“

„Nein, sie werden uns schon Wasser geben.“

„Auf der Wiese gab es einen Bach. Dort konnte man immer hingehen, wenn man durstig war. Es war immer frisch und es schmeckte köstlich.“

Der unerwartete Aufprall ließ ihren Untergrund leicht erzittern und Panik machte sich breit als einige versuchten zurückzuweichen und dabei die anderen noch mehr zusammendrückten. Vier von ihnen wurden so hart gegen die Wand gestoßen, dass sie kurz benommen waren.

„Was ist passiert?"

„Er ist einfach in sich zusammengesackt."

„Hey, steh auf. Du kannst dich nicht hinlegen. Es ist nicht genug Platz."

Der Angesprochene versuchte seinen Kopf zu heben, doch er schaffte es nicht mehr.

„Ich kann nicht mehr. Es tut mir leid … ich … ich … meine Beine. Ich habe solche Schmerzen. Mir ist so heiß, ich bekomme keine Luft mehr. Ich habe es versucht." Sein Körper begann unkontrolliert zu zittern.

Die direkten Nachbarn versuchten auszuweichen, doch sie kamen nur Zentimeter weit und selbst diese Zentimeter waren schon ausreichend, um die weiteren Umstehenden noch mehr in Bedrängnis zu bringen.

„Hört auf damit. Ihr drückt mich gegen die Wand. Ich bekomme keine Luft mehr."

„Hilfe! Er stirbt."

„Jemand muss ihm helfen, er stirbt!"

Sie brüllten fast genauso laut wie nach dem Wasser, doch wieder geschah nichts. Die Tür blieb geschlossen und kein Lichtstrahl durchbrach die Dunkelheit. Irgendwann erschlaffte der zuckende Körper.

„Er ist tot."

„Wir werden alle sterben."

Panik machte sich breit. Die direkt neben dem Toten versuchten ihm nicht zu nah zu kommen und drückten dadurch die anderen weiter zurück. Die Hitze und das fehlende Wasser taten ihr übriges. Zwei weitere konnten sich nicht mehr aufrecht halten und sackten ebenfalls einfach in sich zusammen.

„Hilfe!"

„Helft uns doch!"

„Lasst uns raus!"

Sie schrien ihre Verzweiflung hinaus und es schallte von den Wänden zu ihnen zurück. Dumpfe harte Schläge von außen waren die Antwort.

„Seid doch mal still, sie kommen, um uns zu helfen."

Sie versuchten zu lauschen, doch es geschah nichts weiter. Niemand kam. Nur weitere wütende Schläge von außen, als sie erneut um Hilfe schrien. Alles um sie herum blieb dunkel und plötzlich setzte sich ihr Untergrund wieder in Bewegung.

Das Röcheln der am Boden Liegenden wurde immer leiser und erstarb von Minute zu Minute. Sie schafften es nicht mehr, auf die Beine zu kommen. Es war einfach zu eng. Wenn sie irgendwann ihre Köpfe nicht mehr heben konnten, erstickten sie langsam in den Exkrementen ihrer Mitgefangenen oder erlagen einfach ihren, durch Tritte der Umstehenden beigebrachten, mannigfaltigen Verletzungen. Keiner ihrer Freunde konnte ihnen helfen. Keiner konnte ihnen Platz machen. Viele versuchten selbst mit allem, was sie noch hatten auf den Beinen zu bleiben. Die Anwesenden hörten ihnen beim Sterben zu und spürten immer deutlicher, wie sie selbst nicht mehr weit davon entfernt waren.

„Wasser … . Bitte. Wasser." Das Flehen war kaum mehr ein Flüstern.

„Ich habe so ein Durst. Bitte…."

„Sie werden euch nicht helfen. Ich sagte euch, dass wir uns nur selbst helfen können."

„Ich bin zu schwach, um irgendwas zu machen."

„Ich auch. Bitte Wasser."

Die Stimmen versiegten und ließen nur noch ein leises Flüstern übrig. Sie spürten, wie ihre Kräfte nachließen, wie ihnen die Spuke endgültig wegblieb und ihre Beine wackelig wurden. Zwei weitere konnten sich nicht mehr aufrecht halten und sorgten für einen weiteren kurzen Moment der Aufregung. Doch der Untergrund bewegte sich weiter und niemand öffnete die Tür.

„Kannst du uns von dieser Wiese erzählen? Von diesem weichen Untergrund und den Bäumen? Bitte."

VÖLLEREI

DIE FABRIK

Die Fabrik

Die Geräte über ihr machten sie schon lange nicht mehr nervös. Am Anfang hatte sie noch versucht, die Monitore oder Mikrofone unter der Decke zu erreichen.

Doch sie hingen viel höher, als ihre Arme jemals reichen würden. Selbst als sie sprang, fehlten da mindestens noch ein oder zwei Meter und hier drin gab es nichts, was sie hätte zum Klettern nutzen können.

Nach ein paar Malen gab sie die lächerlichen Versuche auf und seitdem saß, lag oder stand sie nur noch auf dem Boden und starrte die blinkenden Lämpchen an den Überwachungskameras an.

Der Raum war vollkommen weiß, hatte keinen Ausgang, keine Fenster und auch sonst gab es, außer den Dingen an der Decke, nichts, was sie irgendwie von sich selbst ablenken konnte.

Sie suchte permanent nach Rissen in dem kahlen Raum. Aber sie konnte nicht mal Farbschattierungen im strahlenden Weiß ausmachen.

Egal wo sie sich aufhielt, immer herrschte exakt das gleiche Licht, dieselbe Temperatur und es war überall dasselbe zu sehen. Bisher hatte sie auch noch nicht herausgefunden, woher das allgegenwärtige Licht kam. Nur, dass in allen vier Ecken diese elektronischen Geräte hingen. Sie blinkten immer im gleichen Intervall und in derselben Intensität. Manchmal hatte sie sich genau unter eins von ihnen gestellt und mit geschlossenen Augen gelauscht. Aber nicht mal ein leises Surren war zu vernehmen, rein gar nichts.

Reden, Schreien oder gar Brüllen war ebenfalls nicht möglich. Sie hatte es in ihrem Schmerz und ihrer Wut oft, sehr oft, versucht. Aber es kamen keine Worte aus ihrer Kehle. Es war fast so, als ob etwas den Schrei absaugen würde, bevor er ihren Mund verließ. Die einzigen Geräusche, die sie hörte, waren nur ihr eigener Atem und wie ihr Herz das Blut durch ihren Körper pulsieren ließ.

Ab und zu versuchte sie, durch Schlagen Geräusche zu erzeugen. Doch die Wände fabrizierten keinen Schall oder schluckten ihn sofort.

Ihr ganzer Körper war in eine Art Hülle gepackt worden und es gelang ihr einfach nicht, sie auszuziehen.

Ab und zu fragte sie sich, wie sie hier überhaupt überlebte. Sie konnte sich nicht erinnern, etwas gegessen oder getrunken zu haben. Und vor allem wusste sie nicht mehr, wie lange sie schon hier war.

Irgendwann im Laufe der Zeit oder vielleicht auch davor, hatte man ihr ihre Haare abrasiert und nun wartete sie von Tag zu Tag darauf, endlich wieder Stoppel zu spüren, doch es juckte nicht. Sie wusste, dass es jucken müsste und jedes Mal, wenn sie mit ihren Händen den Kopf berührte, spürte sie: nichts. Was war noch anders an ihr? Sie hatte keinen Spiegel hier drinnen und keinen Platz für ihre, doch so menschlichen Geschäfte. Am Anfang fragte sie sich noch, wie das funktionieren sollte, aber irgendwann ließ sie der Natur einfach ihren Lauf.

Genau in diesem Moment stellte sie fest, dass die Natur nicht ihren Lauf nahm. Sie konnte sich nicht erinnern, wie sie hieß und warum sie hier an diesem vollkommen sterilen und stillen Ort war.

Manchmal, wenn sie erschöpft versuchte, die Augen zu schließen, sah sie das leicht verzerrte Bild einer weiblichen Person auf einer ruhigen Seeoberfläche. Beim genaueren Betrachten erkannte sie rote, verweinte Augen, ein blasses Gesicht und eingefallene Wangen. Es schien eine sehr unglückliche Frau zu sein.

War diese braunhaarige, blauäugige Frau mit dem schmalen Gesicht etwa ihr eigenes Spiegelbild? Oder die reine Wunschvorstellung einer Person, die sie in dieser unwirklichen Umgebung brauchte, um nicht verrückt zu werden?

Aber wenn es nur eine Vorstellung war, warum sah sie dann so traurig aus. Sollte eine Wunschvorstellung nicht etwas Positives auslösen?

Das Bild dieser Frau schaffte dies auf jeden Fall nicht, aber immerhin war es mehr Gesellschaft als alles andere, was es hier gab.

Immer wieder stellte sie dieser Person die gleiche Frage: Warum war sie hier? Was war der Grund? Wer hatte ihr das angetan?

Aber die Frau im See antwortete ihr nicht. Aber wie sollte sie auch. Sie hörte ihre eigene Frage ja selbst nicht.

Jedes Wort blieb nur in ihr. Kein Laut drang nach außen und nie reagierte diese Frau auf ihre Versuche. Immer nur lag sie auf dem Rücken im stillen Wasser des Sees.

Je mehr Zeit verstrich, desto wütender und dann immer flehender wurden ihre Fragen und die fehlenden Antworten ließen sie langsam an ihrem Verstand zweifeln. War sie verrückt?

Diese Stille um sie herum wurde immer mehr zu Krach. Jeder ihrer Atemzüge brachte sie dem Gefühl nahe, taub zu werden. Die permanente Helligkeit und diese verfluchten kleinen Lichtpunkte, die selbst noch durch ihre geschlossenen Augenlider blinkten. Sie starrte in die Kameras und legte alles Flehen, das sie nicht aussprechen konnte, in ihre Augen. Doch niemand half ihr aus dieser Situation.

Sie brauchte aber Hilfe. Wenn man sie schon nicht raus ließ, dann wenigstens eine andere Person hinein. Jeder brauchte einen Partner. Menschen waren nicht für das allein sein geschaffen. Menschen mussten reden oder wenigstens kommunizieren.

Lebewesen sollten nicht so eingesperrt sein.

Doch jeder Tag oder auch Nacht verlief immer gleich. Sie wusste nicht welche Tageszeit oder gar welche Jahreszeit überhaupt herrschte. Sie wusste nicht, wo sie war oder warum sie überhaupt hier war. Mittlerweile hatte sie sogar vollkommen vergessen, wer sie überhaupt war. Das Einzige, was sie noch wusste, war: sie wollte nicht hier sein. Aber sie kam nicht weg.

Ab und zu, wenn sie es mal schaffte, sich von ihrer bedrückenden Situation abzulenken, kehrte sie zu der Frau am See zurück. Besser diese eine Erinnerung außerhalb dieser Zelle als gar keine. Und selbst wenn es nicht ihre eigene sein sollte, war es immer noch besser, eine fremde Erinnerung zu haben als gar nichts.

Sie wusste nicht mehr, wie oft schon dort gewesen war und versucht hatte, mit ihr zu reden. Wie oft sie schon gescheitert war. Bis sich plötzlich etwas änderte.

Am Anfang war es wieder dieses Bild der Frau im See, doch dann schien es ihr, als ob sie nicht mehr nur zusah, sondern den Moment dort wirklich erleben würde. Tief in ihrer Erinnerung blickte sie der Frau in die rotgeweinten blauen Augen, oder besser, sie blickte nun aus ihren, von Tränen, verklebten Augen heraus. Plötzlich hatte sie wirklich das Gefühl, die Tränen nicht nur im Spiegelbild des Wassers zu sehen, sondern auf ihrem Gesicht zu spüren und den salzigen Geschmack auf ihren eigenen Lippen zu schmecken.

Die Frau hob den Kopf und ohne sich dessen bewusst zu sein, warum sie es tat, sah sie sich um. Es musste wohl früher Morgen sein, denn kleine Tautropfen glitzerten im Dämmerlicht der bald aufgehenden Sonne auf den hohen Gräsern, die sich um den See wild ausbreiteten. Der sie umgebende Nebel tauchte alles in ein unwirkliches Licht. Die ersten Vögel zwitscherten schon ihr tägliches Willkommenslied durch die allmorgendliche gespannte Stille. Sie hörte ihre Lieder und spürte die Feuchtigkeit des Taus unter ihren nackten Fußsohlen. Es kitzelte und war angenehm kühl.

In diesem Moment wollte sie laut lachen. Es war ihr egal, dass nur sie es hören konnte. Sie spürte etwas. Sie hörte etwas. Sie wünschte sich, diesen Moment nie zu vergessen.

Doch nur weil sie in ihrem Gefängnis still lächelte, lächelte die Frau hier am See trotzdem nicht. Sie blieb traurig und genau wie sie selbst allein. Aber sie stand an einem Morgen vor Sonnenaufgang an einem See, konnte den Gesang von Vögeln hören und Gras unter ihren Füßen spüren.

Hatte sie selbst schon jemals so etwas Schönes gespürt oder gehört? Verwirrt hielt sie inne. Spürte sie es wirklich oder bildete sie sich das ein?

Langsam drückten ihre Füße das hohe Gras zu Boden. Die Frau ging zielstrebig voran. Sie versuchte alles aufzunehmen, was die braunhaarige Frau sah, spürte, roch oder anderweitig wahrnehmen konnte. Doch sie hatte zu wenig Zeit. Es ging so schnell vorüber und die verweinten Augen sahen nicht mehr so gut, wie sie sollten.

Sie spürte die Feuchtigkeit erst an den Knöcheln, dann an den Schienbeinen und kurz darauf stand sie schon knietief im kühlen, ja fast kalten Wasser. Sie fühlte, wie ein kleiner Fisch sich an ihrem rechten Bein vorbei drängte. Die Vögel sangen nun immer lauter ihren Willkommensgruß an den Tag. Der Sonnenaufgang musste kurz bevorstehen. Doch die Frau blieb nicht stehen. Das Wasser umspülte ihre Hüfte und die Kälte lähmte das Gefühl in den Beinen. Schon spürte sie die Zehen nicht mehr.

Was machte die Frau hier? Warum blieb sie nicht stehen. Wieso genoss sie nicht den Moment der aufgehenden Sonne? Wieso lauschte sie nicht dem Zwitschern der Vögel? Wieso genoss sie nicht das Gefühl von Lebendigkeit? Die Tränen vernebelten nun endgültigen die Sicht um sie herum. Die Vögel verstummten und nur das Rauschen des Wassers in den Ohren durchbrach jetzt noch die Stille.

Sie wollte husten. Sie wollte schreien. Sie wollte die Vögel wieder hören. Die Sonne über dem Wasser aufgehen sehen. Aber in dem Augenblick, in dem sie den Mund öffnete, spürte sie es. Die Frau im See konnte nun auch nicht mehr schreien. Auch sie würde niemand mehr hören. Sie spürte nichts mehr, wurde immer leichter und die Gewissheit, fast angekommen zu sein, kam immer näher.

Doch etwas hielt sie zurück und bevor sie endlich wusste, wohin die Frau am See gehen wollte, riss sie die Augen auf und suchte wild die Umgebung ab. Ihren panischen Schrei hörte nur sie.

Sie lag immer noch in dem hellen, weißen Raum, sah den blinkenden Lichtern beim An- und Ausgehen zu und lauschte den nicht vorhandenen Geräuschen. Selbst ihren Atem konnte sie nicht mehr hören. Es schien fast, als ob die eben noch herrschenden Geräusche sie taub gemacht hätten. Wieso konnte sie ihre Wut nicht artikulieren. Warum konnte sie nichts werfen, warum niemanden anschreien.

Doch sie konnte nichts von allem. Nur dort liegen und die dumme tote Frau im See anstarren. Jemand, der alles gehabt hatte und es nicht zu schätzen wusste.

„Hat sich die Nummer 419 gerade bewegt?"

Der Angesprochene schreckte aus seinen Gedanken hoch und sah unwirsch zu seinem plappernden Kollegen hinüber.

Der blickte nicht mal in seine Richtung, sondern konzentrierte sich auf einen der riesigen Monitore. Eins der Bilder war in den Vordergrund gezogen.

„Ich könnte schwören sie hat eben gezappelt. Ja sieh hin. Sie bewegt sich."

Der kräftige Mann wusste, wer sich hinter dieser Nummer befand. Er wusste bei vielen der hier liegenden Nummern, wer sie waren und auch, dass sie sich öfter bewegten. Manche sogar jeden Tag.

Natürlich sollten sie das nicht, aber sie taten es.

Nachdem er die Frau auf dem Bildschirm ein paar Sekunden lang betrachtet hatte, antwortete er mit einem leichten Achselzucken. „Kann sein. Manchmal machen sie das noch. Aber kümmere dich nicht drum. Nur wenn sie plötzlich wieder aufstehen, musst du dir Gedanken machen." Er lächelte sein junges Gegenüber leicht gequält an.

„Okay. Also ist das nichts Besonderes?"

„Nein. Auch wenn es eigentlich nicht passieren sollte."

Der junge Wachmann sah sich den Körper mit der Nummer 419 genauer an. Sie muss einmal eine sehr attraktive Frau gewesen sein. Jetzt war sie nur noch eine blasse Hülle. Das Zerrbild eines Menschen, in einem Ganzkörperanzug, der aussah wie Neopren. Natürlich wusste er, dass es kein Neopren war. Den Namen des Stoffes kannte er nicht, er wurde aber auch nur hier benutzt. Ob es sich um ein flexibles Gewebe oder eher eine Art starren Anzug handelte, wusste er allerdings nicht. Sie, die Firma, hatte es entwickelt, um die Menschen oder besser gesagt Körper, dort zusammen zu halten. Es sorgte dafür, dass die Vitalfunktionen und die Temperatur immer gleich blieben, und wahrscheinlich noch für einiges andere, aber davon verstand er nichts.

Solches Wissen war weit über seiner Gehaltsklasse. Er war vor einem Monat dafür eingestellt worden die Leiber zu bewachen, weil sein älterer Kollege in den Ruhestand gehen würde und sie einen Nachfolger brauchten. Seine einzige Aufgabe bestand darin sie anzustarren und zu melden, wenn jemand hereinkam, der dort nichts zu suchen hatte.

„Sie scheint hübsch gewesen zu sein. Weißt du, warum sie hier ist?"

Der ältere Mann zuckte wieder nur mit den Achseln, ballte kurz die Fäuste, biss sich leicht auf die Zunge, schluckte unmerklich und schüttelte den Kopf.

„Keine Ahnung. Wahrscheinlich aus demselben Grund wie alle anderen auch." Der Neue bemerkte die herausgepresste Lüge nicht. Und er würde es nie erfahren. Es würde auch nichts mehr ändern, wenn er es wüsste.

Beide wussten, dass das, was sie hier bewachten, eigentlich nicht existierte, ja nicht existieren durfte und doch saßen sie jede Nacht hier und sahen sich die Toten, die nicht tot waren, an.

„Was weißt du denn überhaupt über die Leute, die das hier geschaffen haben und diese Dinger hier?

Komm schon, lass mich nicht dumm sterben. Das ist immerhin unsere letzte gemeinsame Woche, dann bin ich jede Nacht ganz allein hier in diesem Massengrab.“ Der junge Wachmann lachte nervös.

Sein Kollege überlegte während er in ansah: *Was soll es denn noch bringen, es nicht zu tun?* Der alte kräftige Mann ging kurz zur halb geschlossenen Tür, um sich zu vergewissern, dass sie allein waren. Niemand war auf dem Gang zu sehen oder zu hören. Um diese Zeit waren nur wenige der Wissenschaftler in dem Gebäude.

„Also, alle, die wir hier bewachen sollen, sind tot. Und doch, wie du siehst, leben sie irgendwie noch. Ich hab mal gehört wie einer von den Weißkitteln zu einem anderen gesagt hat, *wer so blöd ist sich umzubringen und es nicht richtig hinbekommt, der hat es nicht besser verdient als hier zu landen.* Dabei hat er gelacht. Und als ich mal so nebenbei bei einer Zigarette auf dem Gang nachgefragt habe, erzählte mir einer der jüngeren Wissenschaftler, dass eigentlich alle hier irgendwo in Armengräbern oder anonymen Gräbern außerhalb der kirchlichen Friedhöfe begraben sein sollten.“

Der junge Mann lauschte gespannt und schluckte. „Also sind sie alle hier offiziell tot? Aber sie sind es doch nicht. Wow. Und warum sind wir hier? Meinen die denn, sie stehen noch mal auf?“

„Sie sind eigentlich nicht wirklich tot. Wenn ich das richtig verstanden habe, dann sind das hier alles Leute, die sich umbringen wollten und das Pech hatten vor ihrem endgültigen aus dem Leben scheiden hier her gebracht worden zu sein. Laut der Auslegung unserer religiösen Führer ist es eine Todsünde sich selbst zu töten. Daher reden diese Wissenschaftler sich ein, dass sie den Menschen hier nur helfen. So würden sie letztendlich nicht als Selbstmörder vor Gott treten müssen."

„Und was machen die hier mit ihnen?" Die Augen des jungen Manns leuchteten voller Neugier. Es zeigte sich kein Mitleid in ihnen.

Der kräftige Mann hingegen sah zu Boden, ballte seine Fäuste fester und schluckte. Er wollte solche Gespräche nicht führen. Er wollte sich nicht bewusst machen, dass er seit Jahren seinem eigenen Gewissen so vollkommen widersprochen hatte. Er wusste genau, was die hier machten. Er hatte es schon mehr als einmal gesehen. Wenn die Leiber dort seltene Blutgruppen hatten, wurden sie gemolken wie Kühe. Wenn nicht, dann entnahm man ihnen alle Organe, Haut, Netzhäute, selbst die Haare samt der Kopfhaut wurden ihnen herausgeschnitten. „Frag nicht so viel."

„Aber wenn die Menschen hier sich umbringen wollten und für Tod deklariert wurden, wer hat der Firma denn dann das Recht gegeben ihre Körper so zu halten?"

„Niemand! Und jetzt halt endlich den Mund."

Niemand wusste, dass die Menschen, oder das, was von ihnen noch übrig war, hier in diesem Gebäude gefangen wurden.

Sie hatten keine Familien oder niemanden, der sich für sie interessierte. Niemand fragte in den Krankenhäusern nach oder kümmerte sich um ihre Beerdigung. Die Firma kaufte die Rechte an ihnen vom Staat oder den Krankenhausleitungen. Denen war es lieber, sie mussten nicht für die Entsorgung zahlen, sondern bekamen noch Geld ins Säckchen. Außerdem redeten sie sich bestimmt auch noch ein, dass Selbstmörder alle Rechte aufgegeben hatten und es daher in Ordnung wäre, sie wie eine beliebige Ware zu verkaufen.

„Aber eigentlich ist es ja auch ok. Selbstmord ist eine Todsünde und wenn sie nicht mehr leben wollten, dann kann es ihnen ja auch egal sein, dass sie hier sind und was mit ihnen geschieht. Meinst du, sie bekommen noch was mit? Ist es, als ob sie schlafen würden?“ Der junge Mann plapperte einfach weiter.

Dem älteren Kollegen fiel in den letzten Tagen immer mehr auf, dass sein Gegenüber nicht wirklich Mitleid mit den Körpern in den kleinen Waben hatte. Vielmehr schien er fasziniert über das, was er hier erlebte.

Desillusioniert schüttelte der kräftige Mann den Kopf, sah sich wieder die Frau mit der Nummer 419 an, beobachtete wie ihre Augenlider sich heftig bewegten, dachte darüber nach, wie schön ihre langen braunen Haare ausgesehen hatten, als sie hergekommen war. Wie ihre fast toten blauen Augen noch ein Fünkchen Leben inne hatten.

Wie die Wissenschaftler oder Ärzte sie einfach hätten wiederbeleben und ihr psychologische Hilfe angedeihen lassen können. Dann würde diese junge Frau bestimmt nun lebendig und glücklich durch ihr Leben laufen. Doch sie war den falschen Helfern in die Hände gefallen. Und nun, nun hatten sie ihr die wunderschönen blauen Augen genommen, genau wie die Kopfhaut samt den Haaren entfernt.

Außerdem schien sie auch eine sehr seltene Blutgruppe zu haben, denn sie war schon eine ganze Zeit lang da. Und auch wenn sie nur eine von vielen war, so war sie für ihn doch etwas besonders. Vielleicht weil sie so vollständig und gesund aussah, als sie hergekommen war. Seitdem hatte er sich so seine Gedanken gemacht.

Alle dort waren still, aber sie schien in ihrer Stille zu reden, ihm eine Geschichte zu erzählen. Doch er würde sie leider nie verstehen. Und so wurde er immer wütender.

Der untersetzte ältere Mann lächelte entschlossen, sah auf die Uhr: 11:56. Dann blickte er nochmal seinen jungen Kollegen an, überlegte einen winzigen Moment, ob das, was er vorhatte, wirklich der richtige Weg war.

Dann nickte er leicht und verabschiedete sich zum Rauchen. Als er die große Glastür hinter sich ganz bewusst schloss, sah er sich kurz um, blickte noch einmal den weißen Gang hinunter, steckte sich seine Zigarette an, sah auf die Uhr 11:58 und flüsterte: „Macht euch keine Hoffnung ihr Wahnsinnigen. Ich mache es definitiv richtig!“

Während seines achten oder neunten Zuges splitterte das Glas und schmolz noch im Flug. Er spürte für einen kurzen Moment die unmenschliche Hitze in seinem Rücken, roch das brennende Fleisch, fühlte, wie sich sein Körper auflöste, der Wecker seiner Uhr 12:00 ankündigte und sein letzter befriedigender Gedanke war: „Jetzt sind sie frei!“

Zorn

Mehr Bücher der Autorin:

Vergebung existiert nicht!
Verzeihen ist ein Zeichen von Schwäche!
Jeder Ungehorsam fordert seine Konsequenzen!

Wer Gnade gewährt, stellt sein eigenes Urteil in Frage! Diese Maximen musste Syndra schon zu ihren Lebzeiten ertragen. Doch nach ihrem Tod wurden sie zur grausamen Regel. Denn in der nächtlichen Gesellschaft der Vampire waren diese Begebenheiten keine Optionen mehr, sondern ihre Realität.
Doch könnte es möglich sein, dass selbst solchen Kreaturen der Nacht Vergebung zuteil werden kann?

Exklusiv bei Amazon oder bei S. Bradtke

Plötzlich und ohne Vorwarnung hat sich die Welt in ein Schlachtfeld verwandelt. Mittendrin vier Freunde auf der Flucht. So hatten sie sich ihren Urlaub nicht vorgestellt. Niemand weiß, was die Menschen verrückt macht und sie zu Monstern mutieren lässt. Doch sind in einer Welt ohne Gesellschaft und Regeln für die kleine Gruppe Überlebender wirklich die Monster die größte Gefahr?

Exklusiv bei Amazon oder bei S. Bradtke

Folge der Autorin auf Facebook und Instagram, um keine Neuigkeiten mehr zu verpassen.

https://www.facebook.com/AnnB.Widow
https://www.instagram.com/ann_b.widow

Printed in Poland
by Amazon Fulfillment
Poland Sp. z o.o., Wrocław

50370215R00083